ホームセンター店員の知識×チートで
スローライフを楽しみます!!
ホームセンター店員
本田真心
（マコ）
日本でホームセンター店員として
働くも気付けば異世界に。
活発で明るく、冷静な判断力もある。
《神狼の末裔》
エンティア
位の高い神獣だが、
マコに命を助けてもらった
ことで懐いている。
狼獣人の子供
マウル
マコの命の恩人。
メアラと双子の兄弟で、
温和な性格の持ち主。
狼獣人の子供
メアラ
マコの命の恩人。
マウルと双子の兄弟で、
負けん気が強く警戒心が強い。
ワケありの冒険者
ガライ・クィロン
マコに命を助けられ、
一緒に暮らすようになるが……。
元ホ
活
トマスター》
～称号《
を駆使して異世界を
JN248357

《称号》とは……!?
ボロボロの家を修繕しようとしたら
《DIYマスター》のスキルで
家の強化が出来る素材が錬成可能に!

異世界で目覚めた3つの
具合の悪そうな動物を助けようとしたら
《ペットマスター》のスキルで
対話が出来るように!
狼獣人
ウーガ
野菜を育てようとしたら
《グリーンマスター》のスキルで
栄養満点の液肥を作れるように!

「ガライ……」
私の面前に、大きな黒い影が立ち塞がった。
その影は、迫る騎士の剣を、自身の手で掴む。
私の前に立ち……まるで、私を守るように。

元ホームセンター店員の異世界生活

～称号《DIYマスター》《グリーンマスター》《ペットマスター》を駆使して異世界を気儘に生きます～

著 KK
イラスト ゆき哉

口絵・本文イラスト
ゆき哉

装丁
木村デザイン・ラボ

プロローグ　本田真心《ほんだまこ》　ホームセンター店員

「ううう……づがれたよぉ……」

夕飯の詰まったコンビニ袋を片手に、私は夜道を歩いている。

私の名前は、本田真心。

職業は、ホームセンターの店員。

今日も一日中売り場を走り回り、疲労困憊《こんぱい》になりながら帰宅している途中である。

「アルバイト君やパートさん達が辞めちゃって、人手不足なのはわかってるんだけど……結局人員の補充が無いと残った人間にシワ寄せが来ちゃうだけなんだよねぇ……」

今の時代、どこもかしこも人手不足だ。

しかし、だからと言って仕事が減ってくれるわけではない。

本来、数人がかりでやらなければならない仕事を一人でやるのだ。辛《つら》いのは当然である。

今日も私は、新商品の売り場を作り、レジのローテーションを組み、植物の水やりをし、クレーム応対をし、メーカーの営業さんや本部ＳＶ《スーパーバイザー》と打ち合わせをした。無論、その間百人近いお客さんの接客も行う。

もうクタクタだ。

「もう無理ぃ……死んじゃうよぉ……」

でも、明日は久しぶりの休日。

十三時間勤務（無論、休憩なんて取れないので実質十四時間）×六日連勤明けの体を、やっとまともに休められる。

「うふふ……帰ったら録画しておいた、プ●キュアと仮●ライダーと●●レンジャーを観《み》るんだ……」

説明しよう。

私には基本的に土日休みが無い。

何故《なぜ》なら、世間が休日の日こそ接客業にとっては繁忙日になるからだ！

そんな私にとって最大の楽しみは、録画したニチアサ（日曜朝の子供向け番組）の視聴である。

中でもメインで楽しみにしているのは、仮●ライダー。最早《もはや》、毎週の仮●ライダーを観るために生きていると言っても過言ではない。

先週の放送の次回予告を脳内で再生し、それに基づく本編を妄想しながら、私はにやにやと笑みを浮かべる。

瞬間、目前の電信柱の陰から、一人の中年男性が姿を現した。

禿《は》げ上がった頭に眼鏡《めがね》をかけ、体を丈の長いトレンチコートで覆い隠している。

見て一瞬で痴漢とわかった。

「ひひひ……お姉ちゃん、いいもの見せて――」

「…………」

私は中年男性を見詰める。

「……ひひ？」

「…………」

私は中年男性を見詰める。

「…………ひ」

「…………」

「…………」

「…………あの」

「殺すぞ」

私は無表情のまま低い声で言った。

もう無駄な体力を一ミリも使いたくないのだ。

中年男性はそんな私の反応に顔を青褪《あおざ》めさせ、全力で明後日《あさって》の方向へと逃げて行った。

……やれやれ、夜道を歩くか弱い女性を狙《ねら》うなんて、本当に卑怯《ひきょう》な存在である、痴漢とは。

大嫌いだ。

仮●ライダー一号、ホンゴウ・タケシを見習って欲しい。

(……いや、タケシは痴漢なんて絶対にしないんだけど……)

そんなこんなで、私はやっとこさ、自身の暮らすアパートへと到着を果たした。

解錠し、扉を開け、部屋へと入る。

「ふぃぃ……」

そして、靴を脱いで玄関に上がると同時に、そのまま床に頽《くずお》れた。

私の疲労は、想像以上にこの体を蝕《むしば》んでいたようだ。

「あ……ダメ……化粧落として……服も着替えないと……」

でも、玄関マットの肌触りが心地好《ここちよ》すぎて顔を埋《うず》めちゃう……。

傍《はた》から見たら、相当末期な姿だろうな、私……。

「うぅーん……ちょっとだけ……ちょっとだけ休んだら――」

意思に反して、体が言うことを聞いてくれない。

脳がぼやけて、思考もままならない。

ああ、寝ちゃう、寝落ちしちゃう……。

でも、なんだろう……気持ちが良いって言うより、体が静かになっていくような……。

……あれ……私、息してる？

苦しい……でも、疲れて呼吸も出来ない……。

これって、寝るって言うより……。

（……最後に、今週の仮●ライダーだけでも観たかった……）

そこで私の意識は、ぷっつりと途絶えて闇《やみ》の中に消えていった――。

◇◇◇

「ううーん……」

肌を撫《な》でる心地好い感覚。

……そっか、私、寝てたんだ。

この感覚は……お布団？

……あれ？　私、いつの間に布団まで辿《たど》り着《つ》いたんだろう。

そこで、嗅覚《きゅうかく》がどこか懐かしい香りを感じ取る。

違う、この匂《にお》いは、お布団さんじゃない……この感じは……。

「……草？」

瞼《まぶた》を上げた私の視界の中、目と鼻の先に、地面から生えた草が見える。

肌を撫でるのは、雑草の穂先と吹き抜ける風の感覚だった。

外？　私、屋外にいるの？

頭の中を疑問符が埋め尽くす。

私は、横たわっていた体を起こした。

一面に広がる草原。真っ青な空に白い雲。彼方《かなた》には山々。

「なに……これ……」

「わ！　気付いた！」

「逃げろ！」

すぐ近くから、そんな声が聞こえて、視線を向ける。

子供だった。

二人の子供が、私に背を向けて走っていくのが見えた。

「……今の子供達、変な恰好《かっこう》してたなぁ……」

頭から犬みたいな耳が生えてるように見えたし。

それに、服装も……まるでゲームとか漫画の中に出てくるような、ファンタジーじみた外見だった。

「と言うか……ここどこ？」

私、確か……仕事から家に帰って、体力の限界でそのまま寝ちゃって。

でも、寝るって言うより、なんだかまるで死んじゃうような感覚だったんだよなぁ……あれ。

でも、だとすると。

「もしかして、天国？　それとも、夢？」

私は周囲を見回す。

あの子供達もどこかに行ってしまって、あたりには人影一つ見当たらない。

依然、牧歌的な風景が広がっているだけだ。

「……あのー、ここってどこですかー？」

そんな風に、誰《だれ》もいない世界に向かって問い掛けてみる。

当然、返事はない。

……と、思っていたら。

「え？」

不意に、頭の中に文字が浮かび上がった。

脳内に、線で縁取られた、まるで窓のようなものが浮かび、そこに文字が並んでいる。

目を瞑《つぶ》っているわけでもないのに、まるで目前に表示されているかのように妙に克明だ。

「これって……ステータスウィンドウ、ってやつなのかな？」

ゲームに詳しくはないが、その程度の知識ならある。

ＲＰＧゲームとかでよくあるアレ。

何故《なぜ》そう思ったかというと、書かれている文章がそれっぽいからだ。

名前：ホンダ・マコ
スキル：なし
属性：なし
ＨＰ：１００／１００
ＭＰ：１００／１００

「……うん、夢だね、これ」

そうとしか思えない。

いきなり知らない場所で目を覚まし、意味のわからない言葉と数字の羅列が頭の中に浮かんで。

こんなの、夢じゃなかったらなんだと言うんだろう。

「あーもー……早く起きよう。愛すべきニチアサ達が私を待ってるんだから……ん？」

そこで、頭の中に浮かんだウィンドウの中。

最後に表記されていた文字を見て、私は小首を傾《かし》げた。

そこだけ、妙に気になった……というか。

この夢としか思えない世界観の中で、嫌に現実味のあるワードが目に付いたからだ。


【称号】《ＤＩＹマスター》《グリーンマスター》《ペットマスター》

第一章　目覚めたスキルで獣人達を助けます

「なにこれ……」

頭の中に浮かんだステータス画面を、改めて見直す。

ＨＰとＭＰ……多分、体力と魔力ってやつだろう……の数値は、両方１００。

この数値が多いのか少ないのか、基準が無いのでわからない。

で、問題は【称号】という項目。

この【称号】というのが三つある。

「これ何だろう？　資格みたいなもの？」

確かに、現実にもこれに近い名前の資格は存在する。

まぁ、自分は勉強する時間も試験を受けに行く時間も会社が与えてはくれなかったので、全部仕事の中で覚えた知識だけど。

と言うか、ちょっと待って欲しい。

少し冷静になってきたので、もう一度考えてみよう。

そもそも、私は死んだのだろうか？

確かに相当疲れていたし、ここ数日休みなんて無く残業続きだったけど。

でも、そんな事は過去にも何回かあって、体調不良にこそ陥った事はあるものの、まさか命の危機に達するとは……。

でも、自分が知らないだけで、体には見えない病魔が蓄積していたという可能性も考えられるし……。

……いや、そもそも、死んだも何も、自分は今こうして生きているし。

「うーん……」

疑問が浮かび、頭の中を席巻する。

そこでふと、私は気付く。

先程、後姿を見せて逃げて行った子供達が、すぐ近くにまで戻って来ていた。

子供は二人、少し離れた位置からこちらをジッと見詰めている。

頭部から生えた犬のような耳に、布を縫い合わせただけの簡素な服装。

よく見ると、二人は顔立ちが瓜二《うりふた》つだ。

おそらく双子だろう。

一方は青い髪をしていて、もう一方は赤い髪をしている。

赤い髪の子が、青い髪の子を庇《かば》うように前に立っている。

「ねぇ、君達」

と話し掛けると、双子は警戒するようにビクッと体を揺らした。

「ここってどこなのかな？　私、その……気付いたらここにいてさ」

「……記憶が無いのか？」

赤い髪の子が反応してくれた。

しかし、依然警戒心は解いていない。

「お前、何者だ？」

「こんなところで寝てたら、危ないよ?」

赤髪の子の後ろから、青髪の子がおずおずと声を発した。

「ここは、アバトクス村近くの草原……お姉さん、おうちは? 早く帰らないと、もうすぐ嵐《あらし》が来るよ」

「嵐?」

空を見ると、先程まで青色だった空が、いつの間にか灰色に染まっている。

そういえば、結構雲の流れが速かったように見えた。

風が強いのも、そのためか。

「うーん……困った」

いきなりこんなよくわからない状況に陥って、嵐がどうのと言われても。

腕組みをし、唸《うな》る事しか出来ない私。

すると。

「ねぇ、行くところが無いなら、うちに来る?」

青髪の子が、そう言った。

「おい、マウル! 知らない奴《やつ》を……しかも、人間を家に招くなんて、出来るわけないだろ!」

「でも、放《ほ》っとけないよ」

赤髪の子は叫ぶが、青髪の子も譲らない。

私は考える。

……ここにいても状況が変わるわけでもないし、嵐が来ると言うのなら、安全を確保しないと。

ホームセンター店員という職業柄、その手の災害に対する危機意識は敏感なのだ。

「うーん……じゃあ、お言葉に甘えて」

「おい！　まだ良いって言ってないぞ！」

立ち上がり、接近する私に赤髪の子は後ずさりしながら叫ぶ。

「メアラ、早く帰ろう。もう日が暮れる。ここにいたんじゃ、僕達も危ないよ」

「……ちっ」

青髪の子に諭されると、赤髪の子は舌打ちしながらも了承してくれたようだ。

「ありがとう。よろしくね、私はホンダ・マコ……えーっと、マコって呼んで」

「僕はマウル」

「……メアラ」

自己紹介を済ませ、私は双子のマウルとメアラに付いて行く事となった。

◇◇◇

しばらく歩き、太陽も沈みかけて、辺りも薄暗くなってきた頃《ころ》。

マウルとメアラに連れられ辿《たど》り着《つ》いたのは、幾つもの家々が並ぶ村だった。

ここが、彼等《かれら》の住むアバトクス村という所なのだろう。

家の数や、集会所、井戸、それらの規模から察するに、そこそこ大きい村なのかもしれない。

「わかってると思うけど、この村の住人はみんな人間が嫌いだ。静かにしろよ」

間もなく嵐が来るという事で、どこの家も戸締りをしている。外に出ている人影は見当たらない。

キョロキョロと周囲を見回していた私を、メアラが注意した。

「うん、わかった」

「……まったく、マウルは優し過ぎるんだ。人間なんかを助けるなんて……」

メアラは小声でそう呟《つぶや》いている。

なるほど。なんとなくだけど、獣人という種族と人間は仲が悪いとか、そんな設定なのかもしれない。

「着いたよ」

そう考えている間に、村の外れに建てられた、小さな家に到着する。

……言ったら悪いけれど、ボロボロだ。

掘っ立て小屋に近い。

これ……嵐が来たら吹き飛ばされちゃうのでは？

「なんだよ」

そう思っているのが伝わったのか、メアラに睨《にら》まれてしまった。

「汚い家だと思ってるんだろ」

「ううん、趣があって良い家だと思うよ」

取り繕う私。

マウルが扉を開けてくれて、中へと入る。

内装も、扉を開けたらすぐ目の前にテーブルと椅子があり、奥に壁に備え付けられた二段ベッドがある程度の、一部屋だけの狭いものだった。

壁に立て掛けられた農具や、適当に置かれた家具等、家と言うよりも物置なのではという印象を受ける。

扉が閉められる。家の中に吹き込んでくる隙間風の音が凄《すご》い。

「……さてと」

一旦《いったん》落ち着いたところで、私は試しに頰《ほお》を抓《つね》ったり、目を思いきり見開いたりしてみた。

しかし、夢から覚める気配は無い。

夢じゃないのだろうか……。

もしかして、死んで別世界に転生したとか？

そういうノリのアレ？

「まぁ、なんだかよくわからないけど、だとしたらこのままずっとこの世界に居るって事なのかな――」

一人ボヤく私。そこで、マウルとメアラがジッとこちらを見詰めている事に気付く。

「………」

そういえば、この二人以外に家族は居ないのだろうか？

家の中を見回すが、当然この狭い家の中に、他に人が隠れていそうな場所は無い。

「二人だけで住んでるの？」

私は、マウルとメアラに問い掛ける。

「うん、お父さんが建てた家なんだ」

その質問に、マウルが答えてくれた。

「お父さんとお母さんは、街の事故で死んじゃって、今住んでるのは僕とメアラだけ……」

そこで、一際大きな突風が吹いたのだろう。

家の中が、まるで巨大な何かがぶつかって来たかのように大きく揺れた。

「わっ！」

立て掛けられていた農具や、壁に掛けられていた調理器具などがその勢いで床に散乱した。

「だ、大丈夫なの⁉　本当に耐えられる⁉」

「馬鹿にするな！　父さんが建てた家だぞ！」

メアラはそう叫ぶが、マウルは沈んだ表情だ。

「今まで何度も嵐《あらし》が来て、その度に何とか直してきたけど……もう、ボロボロなんだ。今日の嵐はとても強いって村の大人も言ってたし……次は、駄目かもしれない……ごめんね、マコ、せっかく来たのに、こんな家で」

「弱気になるなよ、マウル！」

俯《うつむ》くマウルの肩を、メアラが掴《つか》む。

たった二人、両親を亡くした子供の兄弟が、懸命に寄り添って支え合っている。

「…………」

私は家の中を見回す。

きっと壊れる度に、子供の知識と力で必死に直してきたであろう修繕の跡が、あちこちに見当たる。

……この二人は、突然何もわからずこんな世界に放り出されてしまった私を心配し、助けようとしてくれた。

なら、私も、この子達の恩義に報いたい。

（……『ライダーは助け合い』だもんね……エイジ……）

仮●ライダーオーズの主人公、ヒノ・エイジの言葉を思い出しながら、私はギュッと拳《こぶし》を握る。

◇◇◇

しかし、助けたいとは思ったものの、現状では手段が無さすぎる。

家を補強するための方法や知識は山のように頭の中に溢《あふ》れているのだが、そもそも道具が無い。

「ああ、こんな時に〝アングル金具〟でもあれば……」

「……あんぐるかなぐ？」

ポツリと呟いた私の言葉に、マウルとメアラが反応する。

この家に使われている木材自体は悪くない。きっと雨風に強い性質の木なのだろう。

だから、後は補強出来る金具さえあれば、手っ取り早く何とかなりそうなのだが……。

「うん、金属の板なんだけどね、流石《さすが》に無いかぁ」

「金属の板……こういうのか？」

そう言って、メアラは床に倒れた農具……鍬《くわ》の頭の部分をいじくると、手の平に収まるくらいの小さな長方形の金属板を取り出してきた。

「あ、農具の〝クサビ〟だね」

鍬等の頭がずれないように、柄との間に挟みこんでおく金具だ。

「これ、曲げられないかな？」

〝クサビ〟を受け取りながら、私は言う。

金属の板は頑丈だ。そう簡単には曲がらない。

何か道具があればだけど、ここにはそんな便利なもの……。

「……あ」

そこで、私は気付く。

今の私の恰好《かっこう》は、仕事から帰って来てそのまま寝落ちしてしまった、その時の姿のままだ。

私は腰に手を伸ばす。

よし、道具鞄《かばん》は装着されたままだ。

この道具鞄の中には、仕事中にすぐに使えるような小型の工具が幾つか装備されているのだ。

「確か……よし、あった！」

私はその中から、モノを挟む工具――〝モンキーレンチ〟を取り出す。

本来はそういう使い方ではないのだが、机の上に〝クサビ〟を置き、〝モンキーレンチ〟で机の天板との間に挟むように固定する。

「後は……ちょっとうるさいけど、ごめんね！」

そして、鍬の頭を外して持ち上げると、それで〝クサビ〟の飛び出た部分を叩《たた》く。

何度か甲高い音を響かせた後、テコの原理により、クサビは途中で曲がってLの字状になった。

「それが……〝アングル金具〟？」

耳を塞《ふさ》いでいた双子が、私の手の中に生まれた金具を見て、そう問い掛けてくる。

「そう、でも一個だけじゃダメなんだよね。こういうのがいっぱいあれば……」

そう呟いた、瞬間だった。

軽快な音楽と共に、急に頭の中でステータスウィンドウが開いたのだ。

【称号】:《ＤＩＹマスター》に基づき、スキル《錬金》が目覚めました。

「……へ？　《錬金》？」

いきなりの事に私は驚く。

《錬金》……錬金術という単語なら、私も聞き覚えはあるが。

もしかして、金属を生み出せるようになったとか？

「まさか、そんな……」

苦笑いしながらも、私は手にした金具を見詰める。

……この金具を、もっと一杯生み出せたら……。

瞬間、金具を握っていた私の手が、淡い光に包まれているのに気付く。

いや、違う、手だけではない。私の体中から光が溢れている。

「わ！　マコ、どうしたの⁉」

マウルが困惑した声を発する。

そこで、私の目前の空間から、まるで浮かび上がるように、手の中のものと同じ形をした〝アングル金具〟が生まれて、地面に落ちた。

まるで、３Ｄプリンターで生成されたかのように、そっくりだ。

「え！　え⁉　今のってもしかして、魔法⁉」

「お前、魔法が使えるのか⁉」

巻き起こった現象に大騒ぎする双子。

一方、私の思考は冷静だった。

金属が生み出せる、《錬金》というスキル。

もしや……と思い、私は頭の中で、もっと明確に、記憶の中にあるような〝アングル金具〟をイメージする。

目の前の〝クサビ〟を折っただけの歪《いびつ》なものではなく、長尺のものや、大型のもの。

刹那《せつな》、イメージした先から、望んだ形の〝アングル金具〟が次々に生み出され、ガチャガチャと地面に落ちていく。

「うん……後は……」

でも、〝アングル金具〟だけじゃ駄目だ。

私は更に、〝アングル金具〟を固定するための〝釘《くぎ》〟もイメージする。

〝アングル金具〟には小さな穴が幾つか空いており、そこに〝ネジ〟や〝釘〟を通すことによって木材に固定する。

一個の〝アングル金具〟を固定するのにも数本使うので、それこそ百本、二百本単位で生産しなくてはならない。

結果、床の上に、大量の〝アングル金具〟と〝釘〟が犇《ひし》めく事となった。

ポカンとしている双子の一方、私は準備が整ったと気合を入れる。

「よし！　これだけあれば――」

そこで、再び頭の中にステータスウィンドウが表示された。

MP：0／100

「ありゃ？　これって、魔力使うんだ……」

と考えると、やっぱり魔法のようなものなのかもしれない。

まぁ、ともかく、それは措《お》いといて、今はこの〝アングル金具〟を施工する方が先決だ。

「マウル、メアラ、この家に〝カナヅチ〟はある？」

「カナヅチ？」

「えっと、ハンマーみたいなもの」

「これの事か？」

言って、メアラが差し出したのは木製の槌《つち》だった。

「〝木槌《きづち》〟か……まぁ、無いよりはマシかな。マウル、メアラも、それ、まだあるなら二人も手伝って」

私は〝木槌〟を手に、二人に指示を出す。

「お父さんが建てた大切な家、今からみんなで嵐《あらし》に勝てるくらい強くするよ！」

◇◇◇

――翌日。

「いやぁ、昨日《きのう》の夜は凄かったな」

「うちは、雨漏りしちまったぜ」

「うちなんか、屋根が半分吹き飛んじまってよぉ」

嵐が過ぎ去り、すっかり荒れたアバトクス村の中、村人達が外に出て雑談を交えている。

皆、狼《おおかみ》のような頭部をし、体に獣毛を生やした獣人――《人狼《ベオウルフ》》の種族だ。

「そういやぁ、あの双子の家は大丈夫か？」

不意に、一人の村人がそう呟《つぶや》いた。

「かなりボロボロだったからな」

「流石に今回は、ちょっとやべぇんじゃゃ……」

両親が不慮の事故で死に、他に身寄りのない幼い兄弟が暮らす家がある。

助けてやりたいのはやまやまだが、この村は貧しい。

他の家の事まで考えられる余裕のある者はいない。

村人達は、村の外れに建てられた双子の少年達が住む家を、恐る恐る見に行く――。

「な……え？」

しかし、大方の村人達の予想に反し、そこには一ミリも傾く事も、損壊した形跡も無く、無事な様子の小屋があった。

「どうなってるんだ、こりゃ……」

「奇跡でも起こったのか？　なんで、このボロボロの家が全く嵐の影響を受けてねぇんだ」

驚き、どよめきながら、村人達は小屋に近付く。

一人の屈強な村人が、小屋の壁に触れ、力を入れて押してみる。

「……っ、全く動かねぇ。なんなんだ？　この頑丈さは」

「ふあああ……よく寝たぁ」

そこで、小屋の扉が開き、欠伸《あくび》混じりに一人の女性が現れた。

村人達は一気に視線を向け、そして驚愕《きょうがく》の表情となる。

「に、人間の女⁉」

「なんでこの家に、人間の女がいるんだ⁉」

「はい？　……えーっと……」

「どうしたの？　マコ……え？　村のみんな？」

女性の後ろから、双子……マウルとメアラが顔を出す。

人間の女――マコは、愕然《がくぜん》、茫然《ぼうぜん》としている村人達を前にし、「えー……」と、困惑して立ち尽くす事しか出来なかった。

◇◇◇

「おい、マウル、メアラ、どうして人間がお前らの家にいるんだ」

私の姿を見て驚く獣人達。

改めて見ると、屈強な体格の大人から老人まで、この村には色んな年代の獣人が住んでいたのだという事がわかる。

皆、頭部が狼に似ている……狼が元になっている獣人とかそういう種族なのだろう。

「待って！　マコは怪しい人間じゃないよ！」

そこで、家の中から飛び出したマウルが、私とみんなとの間に立ってそう叫んだ。

「マコは良い人間だよ！　魔法使いで、僕達の家を嵐に負けないくらい強くしてくれたんだ！」

「なに、魔法使い⁉」

マウルの発言に、村人達は一層大声を上げる。

魔法使い……なのかな？　私。

多分、職業名的には《ホームセンター店員》なんだけど……。

「ほら、これ」

マウルがみんなに見えるように持ち上げたのは、昨日私が《錬金》で生み出した〝アングル金具〟――その、使わなかった余りの一つだった。

昨夜、マウルが『これ、ちょうだい』と言って来て、別に必要無いものだったのであげたのだ。

どこか嬉《うれ》しそうに、大事そうに握り締めて眠っていた。

「マコが魔法でこれを作って、家を強くしたんだ」

「何だ、これは……」

「見た事が無い、鉄なのか？」

「しかし、こんなに滑らかで形の整った鉄は、初めて見るぞ」

ざわめき、各々会話を交わす獣人達。

「おい、見てみろ！」

そこで、双子の家の中を覗《のぞ》き見《み》た一人の獣人が叫ぶ。

それに釣られ、他の獣人達も家の中を見る。

「なんだ、こりゃ……」

彼等の目には、この貧相な見掛けの小屋の中――柱や壁板や屋根、その至る場所に打ち付けられたいくつもの〝アングル金具〟が映っているのだろう。

「魔法の加護か？　それで、この家は強くなったのか？」

うーん……認識に齟齬《そご》が。

確かに、なんだかわからないと魔除《まよ》けのお札がべたべた貼りまくられているようにも見えるかもしれないのかな、これ。

喩《たと》えが適切かどうかはわからないけど。

「いや、魔法とかじゃなくて、金具を使って木材を補強しただけで……」

説明する私だが、獣人の皆さんは既に仲間内で話を始めてしまっていた。

「本当に信用していいのか？」

「だが、人間だぞ……また俺達を騙《だま》そうとしてるんじゃ……」

「そうさ、魔法使いなんて王族や貴族の血を引く希少な存在。本当に魔法使いだったとしても、獣人のために魔法を使うなんて思えねぇ」

「詐欺師じゃないのか？」

……うーん、これはちょっと怪しい雲行きになってきたな。

空気の流れが少し険悪な方に振れかかっているのを察知し、私はすぐに判断を下す。

マウルとメアラを振り返り、二人と目線を合わせる。

「ねぇ、マウル、メアラ、昨日の夜はありがとうね。おかげで助かったよ。じゃ、私行くね」

人間に対して良い印象の無い獣人達に、妙なイメージを与えて悪目立ちしても損しかない。

もしかしたら、マウルとメアラにも被害が及ぶかもしれない。

私は手早く二人に別れを告げて、この場から逃げようと考えた。

しかし――。

「駄目だよ！」

そんな私の考えを読んだのか、マウルが叫んだ。

「マコは大切なお客様なんだから、今から、ちゃんとおもてなしするんだ！」

良い子だなぁ……マウル。

いや、そうじゃなくて。

「ごめんね、マウル。でも、このまま私がここにいると……」

「みんな！　マコを疑うようなことはやめてよ！　マコは悪い人間じゃないよ！　僕達を騙したり悪く言ったりするような、他の人間とは違う！」

マウルが必死に叫んで、私の潔白を証明しようとしてくれる。

正直、昨日遭遇したばかりの私のような人間を、そこまで擁護しようとするなんて、この子は純粋すぎて少し心配になるレベルだ。

警戒して、ここまで声を上げないメアラの方がきっと賢いと思う。

けど、マウルの行動は結果として、獣人達の私に対する印象を少しだけ、改善してくれたようだ。

「……なぁ、あんた」

一人の獣人の男性が、私に声を掛けてきた。

「あんた、本当に家を強く出来るのか？　俺の家、昨日の嵐で壁が穴だらけなんだ」

「俺も、飛んできた木が屋根に突き刺さって雨漏りが酷《ひど》くて」

「うちも」

一人がそう切り出すと、他の獣人達の中からも、徐々にだが私に対して助けを求める者が出始めた。

マウルの懐き具合が、懐疑的だった獣人達の雰囲気を変えたのかもしれない。

ただ……。

（……う～……どうしよう、まだMPが回復してないんだよねぇ……）

頭の中に浮かぶステータスウィンドウ。

そこに表示された、MPの数値は、時間の経過とともに回復しているとは言え、まだ2／100程度だ。

ここで好印象を残すためにも、彼等の要望に応《こた》えるべきなのはわかってるんだけど……。

「あのぉ、非常に言い辛《づら》いんですが……」

「ダメだよ！　マコは疲れてるんだ！」

そこで、再びマウルが私の前に立ち、声を上げてくれた。

「魔法を使うための力を使い果たして、僕達の家を守ってくれたんだ！　まだ休まないといけないんだから、みんなは帰って！」

マウル……君はきっと良い婿になるよ……。

年端も行かない少年の優しさに、少しホロリと来る私であった。

◇◇◇

「マコ、待っててね、すぐに朝ごはん作るから」

村の獣人達を一旦《いったん》追い返すと、私達は再び家の中に戻った。

私は椅子に座らされ、マウルが簡素なつくりの台所で料理を拵《こしら》え始める。

「…………」

「…………ん？」

そこで、隣に立ったメアラが、ジッと私の事を見詰めてきている事に気付く。

「お前、本当に、ただの好意で俺達の家を守ってくれたのか？」

「そうだよ」

「本当か？　後で、金を払えって要求する気じゃないのか？」

……おい、この世界の人間よ。

信用されてないにも程があるぞ。

大人の獣人達だけならともかく、こんな子供達にまで疑われるなんて……。

「そんな事しないよ。なんでそう思うの？」

「……そうでもないと、人間が俺達を助けるような真似《まね》をするなんて思えない」

少し俯《うつむ》き気味になって、メアラがそう呟いた。

私は溜息《ためいき》を吐《つ》く。

「あのね、昨日の夜は、この家が吹き飛んだら私自身にも危険が及ぶ事になってたんだよ？　だったら、助けるに決まってるじゃん」

私は冷静に説明する。

まぁ、そもそもの理由はそうじゃなかったんだけど。

「そんなに人間が信用出来ないの？」

「人間は、獣人を見下してる……俺達は獣と同等だって」

ぐっと、歯を食い縛るメアラ。

「だから、俺達の父さんと母さんが馬車の事故に巻き込まれた時も、人間の治療を優先して……父さんと母さんは死んだ」

「…………」

重っ！

そんな重い経緯があったなんて……。

「ごめん、辛い事を思い出させちゃったね。軽率だった」

「……別に、いいよ。今更」

視線を落とすメアラと、調理場に立つマウル。

……そっか、両親が居なくなって、二人で支え合いながら生きて来たんだ。

私は立ち上がり、火の焚《た》かれた竈《かまど》で、鍋《なべ》に食材を入れているマウルへと近付く。

鍋の中を覗き込むと、薄い色合いの液体の中に、刻まれた野菜が入っていた。

「へぇ、スープ？」

「森で採れたキノコとかだよ。後、マコのために特別に干し肉も入れてあるよ」

「私も手伝うよ」

「え⁉　駄目だよ！　マコはお客さんなんだから！」

「いいのいいの。これ、食器？」

その後、マウルが作ってくれた料理を囲い、私達は朝餉《あさげ》を食べた。

元居た世界では、朝は限界まで寝ることしか考えていなくて、まともに朝ご飯を食べる習慣のなかった私にとっては、とても新鮮な味がした。

「ん？」

頭の中、ステータスウィンドウを見ると、ＭＰが20まで回復している。

よしよし。

「久しぶりだね、二人きり以外でご飯を食べるの」

そう、嬉しそうにマウルがメアラに話し掛けている。

「…………」

一方のメアラは、やはり複雑な表情をしていた。


その後、朝ご飯を食べ終わると、後片付けと一休みをし、私は家を出た。

今からは人助けの時間だ。

休憩した事で、いくらかＭＰが回復したから、また《錬金》のスキルを使えるようになった。

私は、手の中に〝アングル金具〟を生み出し、昨日《きのう》使わなかった余分な〝釘《くぎ》〟、そして〝木槌《きづち》〟を持ちながら、広場にたむろしていた獣人達に言う。

「さぁて、じゃあまずはどちらの家から見させてもらいましょうか？」

◇◇◇

「すげぇ……」

「確かに、かなり強くなってるな」

それから数分後。

私は、生み出した金具を使い尽くし、幾つかの家の補強を行った。

獣人達は、私が補強を施した家の壁や柱をグイグイと押しては、強度が増している事に納得している。

……しかし、確かに補強したとは言え、〝アングル金具〟を取り付けた程度でここまで極端に強くなるとは思えない。

もしかしたら、本当に魔法の加護的な何かが付加されているのかもしれない……。

などと、その光景を見ながら、私は思った。

「助かったぜ、人間のお嬢ちゃん。これで、次に嵐《あらし》が来た時も安心だ」

「えへへ、お役に立てて何よりです」

施工した家の住人の方々が、私の元に来てお礼を言ってくる。

よかったよかった。

これで、少しは人間に対する印象が良い方向に改善してくれたらいいんだけど。

「おい！　お前ら本気か！　人間に礼を言うなんて！」

その時、私の補強の提案に対し手を上げなかった獣人の一人が声を張り上げた。

「本気も何も、この人の魔法で助けられたわけだし――」

「俺が言いたいのは、そんなに簡単に人間を信用するなって事だ！」

その獣人はズイッと私の前に出て来ると、威圧的な態度で指を突き立ててきた。

やはり、まだ懐疑的な獣人もいるようだ。というか、大半がそうか。

「いいか！　お前達人間は、俺達《ベオウルフ》を騙して土地を奪い、こんな辺境の場所にまで追い遣《や》ったんだ！　人間共が当然のように受けている恩恵は授けられず、昨日の嵐のように自然の危険が付きまとうこんな場所に押し込めて！　そうやって多くの異種族を侵略し、不当な扱いで抵抗する力も奪い、見下している！　そんな奴等《やつら》を容易《たやす》く受け入れられるか！」

「へぇ、そうなんですね」

目を血走らせ、恨み節を吠《ほ》える彼に対し、私は冷静に返した。

「な、何だお前……話を聞いてるのか……」

人間の小娘が、獣人の猛威に怖がらず、臆《おく》する事無く毅然《きぜん》とした態度を返した事に、彼も面食らっているようだ。

おっと、しまったしまった。

相手が熱くなっている時こそ、冷静になる。

接客業をしていた事による職業病のようなものだ。

「皆さんが人間から受けた仕打ちや、過去の因縁は理解しました。確かに、私の事を受け入れられず、信じられないのも当然です。ですが、私はあくまでも昨夜の嵐から助けていただいた恩としてマウルとメアラの家を補強し、私に出来る限りの事で皆さんの窮状を救いたいと思っただけです。そこに、獣人と人間の歴史的な背景は関係ありません。あくまでも、私の個人的な行為に他なりません」

「ぐ……」

「正直に言いますと、私には行く当てもありません。だからと言って、私はこの村に長居する気もありません。全《すべ》て皆さんの意向を考慮して行動します。だから別に、この行為は皆さんを騙《だま》すためでも媚《こび》を売るためでも何でもなく、全て単なる私の気紛《きまぐ》れのようなものと考えていただいて構いません」

それこそ、ホームセンターでの業務中、お客様に対応する時のように、冷静に適切に言葉を並べていく私。

彼がそんな私に対し声を飲み込み、そして直後何かを言い返そうとした。

——その時だった。

「大変だ！」

向こうの方から大声が聞こえた。

何やらざわついている様子だ。

気になった私は、そちらの方に向かってみる事にする。

「あ、おい！」

私に食って掛かった獣人の彼も、私を追って後を付いてくる。

声の発生源に行くと、そこは、井戸を中心とした村の広場だった。

獣人達が輪を作っている。

その中心を、何か巨大なものが、のそのそと歩いているのが見えた。

「あれって……」

陽光を反射する、美しい白い毛並みの体。

それは、大きな狼《おおかみ》だった。

狼は、どこか覚束《おぼつか》ない足取りで進んでいる。

警戒する獣人達の中、狼はしばらく歩くと、その場にゆっくりと座り込んだ。

「あ、マコ！」

私の姿を見付け、マウルとメアラが駆け寄ってきた。

「マウル、メアラ」

「離れてた方がいいよ。あれは、このあたりの山の主の狼なんだ」

「狼……って事は、君達の仲間？」

「狼と《ベオウルフ》は別物だ」

私の言葉を、メアラがきっぱりと否定した。

なるほど。そういうものなのか。

「俺達も狼の混じった獣人だけど、本当の狼の力には及ばないから。それに、あの白い毛並みの狼は特別なんだ」

「特別？」

「山の主で、神聖な守り神なんだ。村の農作物を襲う野生の動物や、凶暴な他の狼やモンスターを倒してくれてる」

なるほど、直接的ではないが、村にとっては益をもたらしてくれる存在。

だから特別視し、手を出したりしないようにしているようだ。

マウルが言う通り、狼を取り囲む獣人達も、その狼の挙動を心配そうに見守っている。畏敬《いけい》の念を抱いているのだろう。

しかし……。

（……あの狼……なんか、様子が変だなぁ……）

大人しく丸まっているが、その体は大きく上下している。

呼吸音もここまで聞こえてくる。苦しそうだ。

体調が悪いのだろうか？

よく見ると目もうつろで、体が小刻みに震えている。

「ねぇ、今のこの状況って、どういう事？　そんな特別な狼なら、村のみんなで倒そうとしてるとか、そんなわけじゃないよね？」

「まさか。倒すなんてありえない。山の中で見付けても、すぐに逃げるように言われてるんだ。多分、山から下りてきて、たまたま村の中に迷い込んだんだと思うよ」

「………」

見たところ、外傷も無さそうだ。

何かと戦った、とか襲われた、とかでもない。

だとすると……。

（……なんだか、アレに似てるなぁ……）

そう、アレだ。

体に合わないものを食べてしまった時の動物だ。

チョコレートを食べてしまった犬を思い出す。

ホームセンター内の動物病院に運ばれていく時の姿を。

気付くと私は、その狼へと近寄っていた。

「マコ!?　危ないよ！」

私を心配して飛び出しそうになったマウルを、メアラが押さえる。

「おい、あの人間、何やってんだ！」

「食い殺されるぞ！」

周りからも、そんな声が飛んでくるが、私は静かに狼の傍《そば》で膝《ひざ》をついた。

接近した私に狼も警戒心を露《あらわ》にするが、だいぶ体力を消耗しているのか、それ以上は何もしない。

私は、そんな狼の体に触る。

「お腹《なか》が膨らんでる……君、何か悪いもの食べた？」

狼の腹部に触れながら、そう呟《つぶや》いた瞬間だった。

【称号】：《ペットマスター》に基づき、スキル《対話》が目覚めました。

「え？」

急に頭の中に開いたステータスウィンドウ。そこに、そんな文言が掲示されていた。

『何だ……貴様……』

そこで、狼の口から洩《も》れる吐息に、言葉が混じって聞こえる事に気付く。

『我を……誇り高き神狼《しんろう》の末裔《まつえい》と知っての無礼か……寄るな……食うぞ』

「いやいや、今の状態で私なんか食べたらもっとお腹壊しちゃうよ。やめときなって」

『……何だ……何故《なぜ》、我の言葉の意味がわかる？　……何故、話せる？　……』

「なんか、《対話》っていうスキルが目覚めたみたいだよ？　それよりも、ねぇ君、何か変なもの食べた？」

驚いた様子の狼君だったが、私の問いに対し、少し沈黙を挟んだ後――。

『山の中で……木の実を見付けた……初めて見るものだった……美味《うま》そうだったから食った』

「君馬鹿だねぇ、ダメでしょ？　変なもの拾い食いしちゃ。イチジクとかブドウとかじゃなかったの？　それ」

『うぐ……知らん……苦しい……我は死ぬのか？』

狼君は苦しげに言う。

触った感じ、食べたものがまだ完全に消化され切っていない感じだ。

これ以上消化して、更に症状が悪くなる前に吐き出させられれば、まだ助かるかもしれない。

さて、それには……。

私はそこで集中し、《錬金》の力を発揮する。

発光と共に生成したのは、長い棒状の金属。暖炉等に使う〝掻《か》き出し棒〟を錬成してみた。

「お腹の中のもの、全部吐き出してもらうよ」

私はその棒を、彼の口の中に突っ込む。

喉《のど》を刺激するためだ。

『何をする……貴様……我を神狼の末裔と知っての……』

「はいはい、動かないでね」

狼君は抵抗するように牙《きば》で棒を噛《か》むが、頑丈なのでそう簡単には折れない。

『うぐ、うぐぐ……』

「ごめんね、もうちょっとだから。我慢してね」

狼君の頭、白い毛並みを優しく撫《な》でながら、私は彼の耳元で囁《ささや》く。

やがて――。

『ッ！』

彼は喉を大きく揺らし、胃の中のものを全部吐き出した。

凄《すご》い量だ。

これだけ体に合わないものを食べたら、そりゃ体調も悪くなるって。

「どう？　ちょっとはスッキリした？」

『ぜぇ……ぜぇ……体の、重さが消えた……』

「水持ってくるから、それいっぱい飲んで大人しく寝てようね。そうすれば、きっと良くなるよ」

『……すまない……恩に着る』

そう言って、大人しく両目を瞑《つぶ》る狼君。

さて――私はそこで立ち上がる。

水の用意と、あとこの吐瀉物《としゃぶつ》を片付けないと……と思って周囲を見回すと、周りの獣人達がぽかんとした様子でこちらを見詰めているのに気付く。

「お前、今、何をやったんだ？」

「え？　……治療、かな？　いや、そこまで大したものじゃないけど。それより、そこの井戸って水汲《く》めます？」

その後、吐瀉物の片付けと水汲みを終え、狼君を安静な状態にする事が出来た。

その際、獣人のみんなが私の事を手伝ってくれたのだが……これは、少しは信用を得たと解釈してもいいのかな？

後、ステータスウィンドウを見ると、HPとMPの数値が上がっていた。

名前：ホンダ・マコ
スキル：《錬金》《対話》

属性：なし
ＨＰ：３００／３００
ＭＰ：４６０／４６０
称号：《ＤＩＹマスター》《グリーンマスター》《ペットマスター》

いつの間にか、レベルアップしたということだろうか？

◇◇◇

——私が獣人……《ベオウルフ》達の村に来て、数日が経過した。

「お、どう？　今日の調子は」

マウルとメアラの家の横。

そこに座り込んでいる巨大な白毛の狼に、私は語り掛ける。

『おお、姉御《あねご》。御覧の通り、すっかり体調は良くなったぞ』

山の主にして、自称神狼の末裔だという狼君は、ここ数日私が世話をする形となった。

彼の言葉を理解し、会話が出来る私なら、逐一体調を知ることが出来るからだ。

この数日間、一応ありあわせの知識で、狼（というか、犬）にとって食べても問題無いものを摂取させ、体調を回復させせることに成功した。

『姉御』

私が近付くと、彼はゴロンと腹を見せて寝転がった。

『腹を撫でてくれ。わしゃわしゃするやつ』

「もう、また？　エンティア好きだね、それ」

舌を出しながら甘えてくる姿は、もう狼というより大型犬に近い。

ちなみに、エンティアというのは、彼の名前だ。

なんでも、彼が神狼の末裔として代々受け継いでいる由緒正しき名前らしい。

彼は太古の昔、この大陸を守っていた《神狼》という種族の末裔なのだという。

いわゆる神獣であり、通常の動物に比類ない力を持っている生き物なのだとか。

《ベオウルフ》達も、太古に《神狼》を奉っていた獣人の子孫なのだという。

かつては大陸中に散っていた獣人達も、今では人間により淘汰《とうた》され、かなり数が減ってしまっているのだとか。

しかし、《神狼》を奉っていた彼等と彼等の住む土地を守るのは自分の役目であると、まだ神狼としては若いらしい彼は、自分なりに守り神としてのその役割を担っていたのだという。

私はエンティアの、白毛の薄いお腹を両手で撫でる。

『うひひひっ、気持ちがいいぞ、姉御』

「君、神狼の末裔としての自覚忘れてない？」

「マコ。エンティアの体調もすっかり良くなったね」

家の中から、エンティア用の水の入った桶《おけ》を持ってマウルが現れた。

「でもまさか、あの山の主がうちの番犬になるなんてね。すっかりマコに懐いちゃって」

「おう、マコ！　エンティアの朝飯を持ってきたぞ！」

そこで、数人の《ベオウルフ》達が、果物の入った桶を持ってきた。

「いつもありがとうございます。ごめんなさい、食べ物ばっかりもらっちゃって」

私がぺこりと頭を下げると、《ベオウルフ》達は大笑しながら。

「いいってことよ。早く良くなって、また山を守ってもらいたいからな」

「他にも、何か手助け出来る事があったら言ってくれよ」

初日に、私に食って掛かった《ベオウルフ》も、今ではにこやかに話し掛けてきてくれる。

だいぶ心を許してくれたようだ。山の守り神を救ったのが、効果的だったのかもしれない。

『今日は天気がいいな。久しぶりに山の中を走り回りたい気分だ』

「そうだね。体調も良くなったし、運動するのもいいかも」

◇◇◇

そんなこんなで、私はすっかりこの《ベオウルフ》達の村の一員と化していた。

私は金物を錬成し、村の家々を補強しながら——そして《ベオウルフ》の彼等は、そんな私に対し引き換えに食料を提供してくれたりした。

ちなみに、今の私はこの世界の女性用衣服を着用している。流石《さすが》に、ずっと同じ服を着ているわけにもいかないし、周囲から浮いてしまうし。

村の倉庫に保管してあったという服をもらったのだが、奇跡的にもサイズがぴったりで助かった。

今日も私は、手伝ってくれるマウルと一緒に、村の中を歩き回りながら補強作業を行っている。

メアラの方は、まだ私に対して心を許していない様子だ。

「よぉ、マウル！　今日もマコのお手伝いか⁉」

「はたから見てると、姉弟《きょうだい》みたいだぞ！」

通り掛かりの《ベオウルフ》達にそう声を掛けられ、マウルは照れたように笑う。

「マコ、僕のお姉ちゃんみたいだって」

すっかり、マウルは私に懐いてくれているようだ。

うーん、困った。

いや、こんなかわいらしいケモミミの男の子に心を許してもらえるのは、そりゃ嫌ではないけれど。

すっかり、この村に居座る形になってしまっている。

というか、なんだか普通に暮らしちゃってるけど、この世界に来て数日経《た》ってるんだよね。

（……今週の仮●ライダー、観《み》たかったなぁ……）

そんな風に考えながら村の広場に差し掛かった際、村人達の声が聞こえてきた。

「おい、今回の売り上げはこれだけか？」

「ああ、また税が上がったとか何とかで、だいぶ持ってかれちまったぜ」

「またか、これ以上取られたら商売あがったりだ」

数人の大人の《ベオウルフ》達が、おそらくこの世界のものと思われる貨幣を分配しながら、そう会話を交えている。

「……ねぇ、マウル。あの人達って、商人なの？」

「商人というか、街でモノを売ってるんだ」

私の質問に、マウルが答えてくれる。

「山で獲《と》れた獣の肉とか、山菜とか木の実とか、あと工芸品とか、色んなものを市場都市《しじょうとし》っていう街の市場に持っていって、少しでもお金に換えてるんだよ」

「ふぅん、どういうものが高く売れるの？」

「この村から持っていってるものは、正直あんまり……高く売れるものっていったら、やっぱり剣とか、宝石とかかな？」

「剣か……」

その言葉を聞き、私の中にある考えが浮かぶ。

「マウル、私、ちょっと剣でも作ってみようかな」

「え？」

目を丸めるマウルに、私は微笑《ほほえ》む。

マウルとメアラは当然として、この村の人達にも大分お世話になった。

私の力を使って、村に少しでも恩返しが出来れば。

「《錬金》の魔法を使えば、もしかしたら作れるかもしれないと思うんだよね」

◇◇◇

――しかし。

「……あれ？」

《錬金》スキルを使い、剣を生成。

だが、発光が止《や》み、私の前に出来上がったのは、歪《いびつ》な形をした金属の塊だった。

「これ、剣？」

「こんなんじゃ、売り物にならないよ」

マウルとメアラが、出来上がった鉄塊を見て忌憚《きたん》無く感想を漏らす。

うーん、もしかして、上手《うま》くイメージが出来ないからなのかな？

〝アングル金具〟とか〝釘《くぎ》〟とかだったら、ほとんど毎日触って頭の中で鮮明にイメージが湧《わ》くし……。

でも、まったくイメージが湧かないっていうわけでもないし。

……いや、もしかしたら、触った事がないものは作る事が出来ないとか。

「……わ！　しかも結構ＭＰが消費されてる！」

頭の中のステータスウィンドウのＭＰの表示を見る。

今日の朝の段階では４６０／４６０だったのだが、それが今の錬成で３６０／４６０まで減っている。

「こりゃ、無駄遣いは出来ないなぁ」

『姉御、これもらってもいいか？』

失敗した金属の棒に、エンティアが齧《かじ》り付いている。

……虫歯防止用のアレみたいな感じなのかな。

「うーん……直《じか》に触ったものじゃないと駄目だとすると……」

当然、私は実物の剣になんて触れた事もない。

作戦は失敗か？

と、思ったが。

「いや……そういえば」

思い出す。

そう、剣ではないが……私はかつて〝刀〟になら触った事がある。

刀剣がイケメン男子に擬人化するソシャゲーにはまっていた友人に誘われ、実物の〝日本刀〟の鍛冶《かじ》の様子を見学に行った際、本物の刀剣にこの手で触れさせてもらったのだ。

玉鋼の重さ、光沢、鈍い輝き、刃文の美しさ、そのすべてが心の中に感動となって残っている。

私はイメージを開始し、再度《錬金》のスキルを使用する。

まるで、あの鍛冶場で見た、刀が打たれる際に迸《ほとばし》る火花――それに近い発光を起こし、私の目の前に一振りの刃《やいば》が生成される。

「凄《すご》い！　でも……」

「また失敗じゃないのか？」

刀を見た事のない二人には、いまいちピンと来ていない様子だ。

でも間違いない。あの時見た日本刀と、寸分違わぬ代物が出来た……と思う。

無論、刃の部分だけで、鞘《さや》も柄《つか》も鍔《つば》も無いのだけど。

「うわぁ、ＭＰも一気に０になっちゃってる。やっぱり、専門外のものを作り出したからなのかなぁ？」

でもおかげで、市場で高く売れるかもしれない業物《わざもの》が手に入った。

……しかし、この刀、正直どれくらいの価値があるんだろう？

自分が見学に行った時の刀を参考にして錬成したのだから、それくらいの価値はあるのだろうか？

といっても、私、刀に関してはそこまで知識がないし。

あの時は、何を見に行ったんだっけ？

えーっと、確か……ビゼンのオサフネが何とかって……。

「ねぇ、マコ。この剣、柄がないよ？」

「……っと、流石にこのままじゃ売れないよね」

その後、私は腰鞄《かばん》の中に装備していた〝カッターナイフ〟を使って木材を加工……簡易的な柄を作成して、刀に付けた。

刀身を布でくるみ、一応、持ち運び出来る状態にする。

「よし……ねぇ、次にこの村から市場に行くのっていつ？　その時に、一緒に付いて行こうと思うんだけど」

「この前行ったばかりだから、多分五日後か六日後くらいかな」

「そっか。じゃあ、まだ時間はあるね」

流石に一本だけというのは、心許《こころもと》ない。

次に市場に行くまでの間に、何本か刀を錬成しておこう。

◇◇◇

それから数日の間、私はＭＰが回復するのを見計らい、日本刀の作成を続けた。

４６０の最大値にまで全回復したＭＰも、一回刀を錬成すると、全《すべ》て消費されてしまう。

（……初日にはわからなかったけど、もしかして《ＤＩＹマスター》って称号から考えるに、ホームセンターで扱ってる金物以外の、専門外の金属を錬成すると、所有MPを全部消費するのかも……）

しかしその甲斐《かい》あって、私は全部で五本の日本刀を生成する事に成功した。

——そして、迎えた当日。

「今日はよろしくお願いします」

「おう！　しかし珍しいな、自分から市場に行きたいだなんて」

村を代表して、みんなから売り物を預かった《ベオウルフ》が三名、市場都市に向かう日。

私は、自分の制作した〝刀〟を売るため、彼等に同行させてもらう事となった。

意気揚々と荷支度をした私に、彼等は苦笑しながら言う。

「言っちゃあなんだが、あんなところは誰《だれ》でもやって来て好き勝手にモノを売ってる場所だ。あまり綺麗《きれい》な所とは言い難いぞ」

なるほど、いわゆる蚤《のみ》の市《いち》……フリーマーケットみたいなところなのかな？

「マコは人間だから、僕達みたいな心配は要らないよ」

横からマウルが、そうフォローするように言ってくれる。

今回の旅には、マウルとメアラも一緒に行く事となった。

「マウル、本当に付いて来るの？」

「当然！　マコも、手伝いがいた方がいいでしょ？」

そう言って、やる気満々のマウル。

「…………」

「メアラも、ごめんね」

「別に……」

そしてメアラも。

マウルを一人で行かせるのが心配で、一緒に来るのだろう。

申し訳ない。何があっても、この二人は守らないと。

『安心しろ、姉御《あねご》。この我が、姉御達の身を絶対に守ってみせるぞ』

そしてエンティアも。

売り物の商品等を背中に載せて、今回荷物運びで一緒に行くこととなった。

「よし、じゃあ出発！」

かくして、大人の《ベオウルフ》三人と、マウルとメアラ、そしてエンティアと私達一行は、市場都市に向けて歩き出したのだった。

第二章　市場都市《しじようとし》で出会ったのは、王子様でした

「ふぅ……やっと見えてきた」

村から街までは、結構距離があった。

朝一番で出発したのに、到着する頃《ころ》には昼。

途中で歩き疲れたマウルとメアラを、エンティアの背中に乗せる形となった。

山の中から獣道が続き、やがて舗装された街道に合流——その街道沿いにしばらく歩いて、やがて見えてきたのは川に囲われた大きな街だった。

川と言うか、おそらく人工的に作られた堀のようなものなのかもしれない。

そこにかけられた幾つかの橋を渡り、街の外縁に入っていくようだ。

「しかし、マコ。よく平気な顔してられるなぁ？」

隣を歩く《ベオウルフ》の一人が、私の顔を見てそう言う。

「マウルとメアラは当然として、俺達大人の男でも結構足に来る距離だぞ？」

「あはは、平気ですよ。こう見えても、体力には自信があるんで」

さていきなりですが、ここで問題です。

ホームセンターの店員が、一日に走る距離って、どのくらいか知ってますか？

ちなみに、スマホの万歩計機能の計測データですが、私は一日三万歩から四万歩。

約二十キロ走っています。

……まぁ、これは、超激務の私だけかもしれないけど……。

けれど、そのおかげというか、運動不足にはならないし体力はつくし、結構スタイルも維持出来たりしている。

街道を進み、街の外縁へ。

そこに門番が待機しており、検問を行っている。

「うお！　な、なんだ、この狼《おおかみ》は！」

門番と思《おぼ》しき兵士の人達も、他の通行人も、エンティアの姿にはかなり驚いている様子だ。

『なんだ、この連中は。邪魔するなら食うぞ』

「エンティア、あまり事を荒立てないで」

その後、同行の《ベオウルフ》達に諸々《もろもろ》の手続きを終えてもらい、私達は街の中へと入る。

入ってすぐ、そこは市場が広がっていた。

「へぇ、凄い」

連なるテントに、道端に広げられた商品の数々。

その光景が至る場所で展開されている。

本当に、商人も市民も問わずに色んな人達がものを持ち寄って売っている――そんな場所のようだ。

「俺達の場所はもう少し先のようだ」

所定の場所は、市場の比較的中央だった。

「大通りの前を確保出来るなんて、今回は運が良かったな」

「早めに到着出来たからな。マコとエンティアのおかげだ」

《ベオウルフ》達は茣蓙《ござ》を敷き、村の収穫物を並べていく。

さて、商売だ。

私も、その場所の端っこを貸してもらい、この日のために用意した〝刀〟を五振り、そこに広げた。

「売れるといいね」

隣に座ったマウルが、そう言って微笑《ほほえ》む。

「うーん……」

私は内心、少し心配していた。

確かに剣が売れるという話を聞いて刀を錬成したのはいいものの、こんな得体の知れないものを買ってくれるのだろうか？

そもそも呼び込みとかしなくていいのかな？

販売業ゆえの不安が、色々と頭をよぎる。

……しかし、その心配は杞憂《きゆう》だったようだ。

その理由は――。

『くわぁ……姉御、少し寝てもいいか？』

店先に寝転がった巨大な白毛の狼、エンティア。

彼の様子は、この市場内でもかなり目立っているようだ。

何人もの通行人が、エンティアの方を驚いたように二度見しているのがわかった。

流石《さすが》、神狼《しんろう》の末裔《まつえい》君（自称）。

招き猫のようにご利益がありそう。

「おい、お前」

と思っていたら、本当にお客さんが来てしまった。

見た目は、軽装の甲冑《かっちゅう》を装備した――RPGゲームによく出てくるような剣士といった風貌《ふうぼう》の男性だ。

彼は私達の店の前に立ち、私に声を掛けてきた。

「これは、剣か？」

「はい。えーっと、東方から輸入した剣です」

何とかそれっぽい事を言って誤魔化《ごまか》す私。

「ほう。お前、人間か」

男は舐《な》め回すように私の姿を見る。

「獣人共に交じって商売してるとは、変わった奴《やつ》だな」

メアラや《ベオウルフ》のみんなも、静かにはしているが彼を睨《にら》んでいるのがわかった。

先日聞かされた通り、やはり人間と獣人との間には溝のようなものがあるのだろう。

「はい、少し事情があって」

「まだ店も屋台も持っていない駆け出しの商人か？　まぁ、ここにはそういう奴等《やつら》が結構いるからな、不思議じゃないが」

男は訳知り顔で喋《しゃべ》る。

「だが中には、優秀な商人の卵も混じってたりしてな、結構な掘り出し物があったりするんだ。だから有能な冒険者は、こういう下層の市場を見て回ったりする。俺みたいにな」

そう言って大笑する男。

ちょっと酔っているのだろうか？　頬《ほお》が赤らんでいる。

「面白そうだ、一本くれ」

男はそう言って、刀を一振り持ち上げた。

おお！　売れた！

「ありがとうございます！」

「いくらだ？」

「……あ」

しまった、価格の事を考えるのを完全に忘れていた。

「えーっと、じゃあ……」

困った私が、そこでメアラの方を見る。

「金貨十枚……ふっかけてやれ」

メアラは視線をそらしながら、そう呟《つぶや》いた。

「じゃあ……金貨十枚です」

「十枚？　おいおい、何の冗談だ？　こんな下層市場で売ってる武器なんぞに、そんな大金払えるわけないだろ。四枚でも十分なくらいだ」

そうなのだろうか？

うーん、この世界に来て数日、幸か不幸かお金とかとは無縁の生活だったからなぁ。

ちゃんと考えておくべきだった。

「じゃあ、四枚で」

「ほらよ」

男は布袋から金貨を四枚取り出すと、私に投げて渡し、さっさと行ってしまった。

まぁ、何はともあれ一本ご購入だ。

「やったね、マコ」

と、マウルは一緒に喜んでくれる一方。

「ふん、あんな奴に売ってやる事なかったんだ」

メアラは不機嫌そうだった。

◇◇◇

その少し後、事件は起きた。

「おい、お前！」

先程、私の作った刀を買った冒険者が、再び戻ってきたのだ。

かなり怒っている様子だ。

「どうされましたか？」

「お前、ナマクラを掴《つか》ませたな！」

男は吠《ほ》える。

「この剣、全く切れないぞ！　どうなってるんだ！」

「全く切れない、ですか？」

「ああ！　試し切りにそこらへんの木でもぶった切って切れ味を見てやろうとしたが、小枝一本落とせなかったぞ！」

冒険者は、店先でそうがなり立てる。

相当立腹しているのが勢いからわかる。

おそらく、酒の影響も手伝って気が大きくなっているのだろう。

「なんつぅナマクラを仕入れてんだ！　お前の目は節穴か⁉」

本当は私のスキルで生み出した刀なのだが、建前上、仕入れたという話で先程通していた。

そのため彼は、私を鑑定眼の無いダメ商人だと思っているのだろう。

とにもかくにも、まずは彼を落ち着かせないといけない。

「かしこまりました。申し訳ございませんが、先程の刀を――」

「嘘《うそ》吐《つ》くな！　切れない剣なんてあるわけないだろ！」

そこで、声を荒らげたのはメアラだった。

人間嫌いの彼は、その眼《め》を吊《つ》り上《あ》げて、冒険者の男性に食って掛かる。

「そうだ、お前の腕が悪いだけじゃないのか⁉」

更に、横から《ベオウルフ》達も追撃してくる。

彼等は基本、自分達側の非を認めないスタイルなのだろう。

気持ちはわかるが、少し大人しくしていて欲しい。

『姉御、こいつ食うか？』

更に、エンティアがその巨体を持ち上げて冒険者を睨み下ろす。

その迫力に、彼も流石にたじろいで見える。

……まったく、もう。

「はい、みんなストーップ！」

そこで私は、再度声を張り上げてみんなを制止する。

みんなが目を瞠《みは》って停止する中、私は改めて冒険者の彼に話し掛けた。

「先程ご購入いただいたものですが、見せていただいてもよろしいでしょうか？」

「お、おう」

彼から日本刀を受け取ると、私はその刀身を見る。

見た目的には、特に問題があるようには思えない。錬成した時のままだ。

そこで私は、試しにその刃を自分の指先に当ててみる。

「マコ！　危ないよ！」

と、マウルが叫ぶ。

一方、確かに私の指先には傷一つ付かない。

普通の刀なら、刃を添わせただけで皮一枚容易《たやす》く切れるはずだ。

更によく見ると、刀身の半ばあたりに刃毀《はこぼ》れがあるのに気付く。

「……あ」

あちゃー。

もしかしてこれ、初日に作ったやつかな？

あの時は確か、直前に錬成に失敗しちゃって、ＭＰが全快に少し足りない状態でこの刀を生み出したんだ。

だから、不良品が出来ちゃったのかも。

そう判断すると同時に、私は冒険者の男へと深々と頭を下げた。

「誠に申し訳ございません。こちらの不手際で、大変ご不快な思いをさせてしまいました」

「……ま、まったくだ」

私の冷静な態度に、冒険者の彼はどこか面食らったように口籠《くちごも》る。

そう、相手が怒っている時ほどこちらは冷静に。

早口に対しては、一言一句ハッキリと。

高圧的な態度に対しては平然とした態度で。

そして心を青空のように。

優しさと笑顔が映えるナイスガイ、仮●ライダークウガのゴダイ・ユウスケを思い出しながら、私はいつもこういう時に対応している。

「よろしければ、まだ同等の商品は残っております。新しいものと交換いたしましょうか？」

「……もういい、どっちにしろ信用出来ん。それよりも――」

「かしこまりました。では、ご返金で対応させていただきます」

私は先程、彼から受け取った金貨四枚をそのままお返しする。

受け取った冒険者は、「……騒いで悪かったな」とだけ言い残し、その場を後にした。

「大丈夫、マコ？」

一部始終が終わると、マウルが心配げに私を見上げてきた。

「大丈夫だよ」

「まったく、嫌な客だったな」

隣で《ベオウルフ》達が、彼の消えて行った方向を見ながらそう囁《ささや》く。

その言葉を聞いて、私は驚いた。

むしろ、私はこう思ったくらいだ――「なんて優しいお客さんだろう」と。

こちらが非を認め、交換か返金で対応すると言えば、素直にそれに応じてくれたのだ。

こんなに良いお客さんは、そうそういない。

私の知る限りでは、こちらに非があるのを良い事に、延々と文句を言ってくる者や、それ以上の誠意を見せろと請求してくる者もいた。

ぐちぐちと問題を泥沼化させて、こちらが疲弊する様を楽しんでいる者もいる。

そういえば以前、自宅まで行って謝罪する姿を動画に撮られた事もあったなぁ。

そういう人達は、ネット上でクレーマーのコミュニティを作っていて、店や企業にどういう対応をさせたかを自身の功績のように競い合っているのだ。

「うーん……全然良い人だと思うけどなぁ」

「ハァ⁉」

「あんた……器がでかすぎるぞ」

驚く《ベオウルフ》達とマウル、メアラを見て、私は首を傾《かし》げる。

……それとも、自分が現代社会に毒されてるだけなのだろうか？

◇◇◇

──時間は過ぎ去り、夕刻。

結局、その後、刀は一本も売れなかった。

というよりも、販売を取り止《や》める事にした。

他の刀も念のため試してみたのだが、まともに切れるものが一つも無かったのだ。

つまり、全《すべ》てナマクラだったということだ。

迂闊《うかつ》だった。私としたことが、販売前にちゃんと切れるかどうかの確認を怠っていたなんて。

刀を錬成出来た嬉《うれ》しさと、魔法じみた力に対する無意識の信頼から、すっぽ抜けていたようだ。

「どうして切れないんだろう……」

やっぱり、ホームセンター店員の自分では、ちゃんとした刀は錬成する事が出来ないのかな？

「うし、今日はこれくらいにしておくか」

一方、《ベオウルフ》のみんなは商売に見切りをつけて、帰り支度をし始めた。

「今日は災難だったな、マコ」

「まぁ、宿屋でゆっくり休め」

今から村に帰るのは時間が掛かるし、夜道は危険が伴う。

街の安宿で一泊するという話は聞いていたので、私達は市場を後にし、市街の方へと向かう事にする。

《ベオウルフ》達に慰められる私。

今日は失敗含めて学ぶ事の多い一日だった。

まぁ、刀を売るなんて初めての事だったし、仕方が無いか。

「よし、じゃあ、行こう」

荷物をまとめ、それをエンティアに背負ってもらい、私達は宿に向かおうとした。

その時だった。

「すまない、少しいいかな？」

背後から声を掛けられ、私は振り返る。

先程まで私達が出店していた店先に、一人の男性が立っていた。

その人物を見た瞬間、私は一瞬、ドキリとした。

耳に掛かるほどの長さの金髪に、中性的で整った顔立ち。

何かの紋章が入った白いコートを纏《まと》った姿は——かなりのイケメンだ。

「実は、ある噂《うわさ》話を聞いてここまで来たのだけど」

丁寧な口調で、彼は言いながら、今しがた私がエンティアの背中に載せた荷物の方を見る。

「君達が、ここで〝切れない剣〟を売っていた方々かな？」

「なんだ？　何か文句でも……」

「おい、やめろ」

《ベオウルフ》の一人が突っかかろうとして、別の《ベオウルフ》に止められた。

どこか、その人物の姿を見て気後れしているようにも感じる。

否、《ベオウルフ》達だけではない。

道行く人達も、彼の姿を見てざわついているように見える。

「おい、あの方って……」

「どうして、こんなところに……」

と、何やら思い掛けない人物の出現に驚いているようだ。

そんな中、彼は私に言う。

「店じまいしたところを呼び止めてすまない。よければ、その剣を僕にも見せてくれないかな？」

◇◇◇

「挨拶《あいさつ》が遅れて申し訳ない。僕は、イクサ。魔法研究を行っている施設の研究員だ」

私の前に現れた男性は、そう言ってニコッと笑った。

高級そうな外套《がいとう》を羽織り、肩掛けの鞄《かばん》を装備している。

溜息《ためいき》が出そうなほどの男前であるのに加え、彼は何やら周囲から一目置かれているような印象を受ける。

通行人や《ベオウルフ》達が送る視線から、そう感じられる。

「研究員……ですか」

「ああ、この腕章が証明になるかな？」

と言って、彼はコートの上腕部分に刺繍《ししゅう》された紋章を見せてくる。

翼の生えた、なにやら猛獣のような紋章……んー、なんだろう、なんだか、アレっぽいというか……。

「マコ……ありゃ、この国……グロウガ王国の国章だ。マジで王家直属の研究院の職員だぜ」

後ろから、《ベオウルフ》の一人がそう声を掛けてきた。

そうそう、正にその国章っぽいと思っていたところだ。

ということは……相当凄《すご》い立場の人間ということだろう。

「これは失礼致しました。こちらこそよく理解出来ておらず申し訳ありません」

失礼を働いてしまっていたかと思い、私は丁寧に頭を下げた。

「いや、そうかしこまらなくてもいいさ」

男性――イクサは、爽《さわ》やかに言う。

「それよりも、僕が興味のあるのは――」

「あ、はい、売り物の剣ですよね」

「そう、〝切れない剣〟を売っていると、先程声高に騒いでいた冒険者の男がいてね」

「あいつだ……」

メアラが眉間《みけん》に皺《しわ》を寄せて唸《うな》る。

私は、エンティアの背中から荷物を下ろすと、その中から全部で五振り――刀を広げて見せた。

「ふむ……なるほど」

イクサは顎《あご》元に手を当てながら、その刀をジッと見詰める。

そして何か考えがあるのか、一本をその手に取ると切っ先を前に向けて構えを取った。

その時だった。

彼の手の中で、刀の刀身から、何か淡い光が溢《あふ》れ出したのだ。

「え……あれって」

少し身に覚えのある発光に、私をはじめ、マウルやメアラ、《ベオウルフ》達も驚く。

一方、イクサはちらりと、近くに放置されている適当な石塊《いしくれ》に視線を流す。

それなりの大きさと重さがありそうな、石の塊だ。

彼は振り向きざま、その石塊に向かって刀を振るう――と言っても距離があり、刃はその石塊には届かないはずだ。

が、瞬間、まるで斬撃が飛んだかのように、その石塊が音を立てて真っ二つに切り裂かれたのだ。

「えええ……」

突然の現象に驚く私。

「間違いない……」

一方で、イクサはどこか興奮したように熱っぽい視線で、手の中の刀を見ている。

「この剣は魔道具だ！」

「ま、魔道具？」

「ああ、魔力を持つ人間じゃないと扱えない、特殊な道具の一種だ。逆に、魔力を扱える人間……魔力持ちや魔法使いの手にかかれば、恐ろしい程の力を発揮する」

イクサは嬉しそうにそう語りながら、私の手を取ってきた。

「素晴らしい！　こんな貴重なものを一体、どこで仕入れて来たんだ！　しかもこんな大量に！　研究資料に是非とも譲ってもらいたい！」

間近まで迫った彼の、少年のように純粋な目の光に、私はドキリとする。

……ただ、出来れば、刀を握ったまま手を取るのは止めて欲しいな。

普通に危ないし。

まぁ、それだけ我を忘れて興奮しているという事なのだろう。

しかし、驚いた――まさか、自分が適当な知識で作ったので、不良品が出来上がってしまったと思っていた刀にそんな秘密があったなんて。

……でも、〝アングル金具〟もどこか魔法の加護が掛かっているようにも思えたし。

私が生み出す金属には、大なり小なり、そういった効果が付与されるのかもしれない。

ただ、〝アングル金具〟は〝家を強くする〟という私の意図を汲《く》み取った効果を発揮してくれて

あるが。

いるのに対し、今回の〝刀〟の〝魔力を込めると斬撃が飛ぶ〟というのは、完全に偶然の産物ではないのかもしれない。

ホームセンター的金物以外のものは、そういったコントロールが出来ないのかもしれない。

「この剣は、何本あるんだい？」

「五本です」

「五本か……全《すべ》て売ってもらいたいんだが、いくらになるかな？」

「えーっと……」

そこで、横からメアラがまた私の太もも辺りを小突いてきた。

ふっかけてやれ、の合図だ。

と言っても、繰り返すが、私はこの世界での物価の相場を知らない。

更に加えて、魔道具？

多分、相当希少なものだと思うし、かなり高価なんじゃ……。

「うーん……」

確か、本来だったら日本刀って百万円くらいするんだっけ？

いや、そもそも、この世界で一万円ってどれくらいなんだろう？

金貨一枚くらい？

じゃあ、三十万くらいに負けとこうかな……。

「一振り、き、金貨三十枚でどうでしょう」

「三十枚⁉」

イクサは驚いている。

やっぱり高過ぎたのか――。

「本当に良いのかい？　そんな安値で譲ってもらって」

「え？　あ、はい」

「わかった」

そう言って、イクサは肩から掛けていた鞄を探ると、ずっしりと重そうな革袋を取り出した。

「ちょうど、ここに金貨百五十枚がある。これで五本全て譲ってもらおう」

「なに⁉」

「ちょ、嘘《うそ》！」

《ベオウルフ》達が驚いた様子で集まって来る。

革袋の口が広げられると、中から大量の金貨がじゃらじゃらと姿を現した。

「う、うおおおお！　本物だぞ！」

「ま、待て、本当に百五十枚あるのか⁉　か、数えねぇと」

「ゆ、指が震えて、う、上手《うま》く数えられねぇ……」

三人の《ベオウルフ》達が何やら震え上がっている。

まぁ、それは措《お》いといて、私は五振りの刀をイクサに渡す。

イクサは両腕で抱える程のその荷物を、肩から掛けている鞄へと入れる。

明らかにサイズが合っていないはずなのに、刀はまるで吸い込まれるように鞄の中に消えた。

「え？」

「驚いたかい。これも、魔道具なんだ」

目を丸めているマウルとメアラ。

かく言う私も同じで、思わずポツリと呟《つぶや》いてしまった。

「四次元ポケット？」

「なんだい、それは？　あ、もしかして君が仕入れている商品が他にもあるのかい⁉　出来れば、もっと色んなものを紹介してもらいたいんだけど！」

テンション高く迫って来るイクサ。

「叶《かな》うなら、僕を君のお得意様にして欲しいな。何か、面白そうなものを仕入れたらすぐに僕に教えて欲しい。他のみんなには内緒でね」

そこでイクサは「そうだ！」と、何かを思い付いたように手を合わせた。

「僕の研究院に来られないかな？　是非とも、色々と話を聞かせて欲しいんだ。すまないが、今夜はこの魔道具を調べ尽くしたい気分でね。そう、明日以降ならいつでも研究院へ入れるように伝えておくよ。気が向いたら訪れてくれたまえ！」

そう言うと、イクサはルンルン気分で去っていった。

なんだか、嵐《あらし》のような人だった。

後には私と、突然手に入った金貨に混乱状態の《ベオウルフ》達と、ぽかんとしたマウルとメアラと、欠伸《あくび》をするエンティアが残された。

◇◇◇

その夜。

「かんぱ――――い！」

私達は、今日利用する予定だった安値の宿屋ではなく、それよりも格上の、かなり良い設備の宿屋へと行き先を変更した。

市場での場所代等、いくらか税金は取られたが、それでも余りあるほどの収入となったためだ。

その宿屋の中にある酒場で、ご馳走《ちそう》を囲んで酒盛り中である。

「申し訳ねぇな、マコ！　ほとんど、あんたの作った剣が売れて手に入った金なのに、俺達までこんな良い宿に呼ばれちまって」

「まぁまぁ、市場の使い方を教えてもらったお礼もありますし、旅は道連れですから」

彼等だけ安宿に行ってもらって、私だけ良い思いをするというのも、なんだか気が引けるし。

それに、やっぱりみんなで食卓を囲んだ方が楽しいのは事実だ。

「ふわぁぁ……僕、こんなご馳走、今まで食べたことない……」

運ばれてくる豪勢な料理の数々を前に、目を輝かせるマウル。

「…………」

一方、メアラは、どこか浮かない顔をしている。

（……どうしたんだろう？　メアラ……）

「しかし、まさかあの魔法研究院の職員に目を掛けられるなんて、すげぇな！」

樽《たる》型のジョッキになみなみ注がれたビールを呷《あお》り、一人の《ベオウルフ》が言う。

「明日、早速行くんだろ？」

「ええ、一応挨拶がてらに。そんなに有名なんですか？　その研究院って」

「おう、なにせ王国自体が後ろ盾の団体だからな。なにより、その院を作ったのが、この国の王子の一人なんだよ」

「へぇー」

「つまり、実質王族に目を掛けられたって事だからな、何かあったらその名前をちらつかせられるってのはデカいぜぇ？」

「流石《さすが》だね、マコ！」

隣で骨付き肉を頬張《ほおば》っているマウルが、笑顔を向けてくる。

王族がバックについた、魔法研究院か。

確かに、それだけ聞くと、相当凄そうな集団だと思われる。

「…………」

「どうした？　なんでもっと喜ばねぇんだ？」

まぁ、それも重要なのだが……。

しかし今、私にはそれ以上に気になっている事がある。

「いや、ちょっと気になってる事があって……」

私は、ちらちらと、目前に並ぶ三人の《ベオウルフ》達を見る。

「なんだ？　遠慮せず言ってみろ」

「うん……あなた達三人の名前、今更ですけど……何でしたっけ？」

「「「本当に今更だな！」」」

《ベオウルフ》達は一斉に叫んだ。

「俺はラム！　こいつはバゴズ！　そっちはウーガだ！　そういやぁ、確かに名乗ってなかったけどよ！」

「はい……あと正直、マウルやメアラと違って、見分けがあまりつかないので」

「酷《ひで》えな！　一目瞭然《いちもくりようぜん》だろ！　一番男前なのが、この俺、ウーガだ！」

「馬鹿か！　俺が一番男前だ！」

「どう見ても俺だろうが！」

三人とも酒が入っているからなのか、そう騒いで盛り上がり始める。

マウルも、その光景を見てけらけらと笑っている。

「…………」

私はちらりと、メアラの方を見る。

これで少しは笑ってくれたかな？　と思ったが。

彼は未《いま》だに、深刻な顔のままだった。

◇◇◇

「エンティア～、ご飯もらって来たよ」

酒場での宴会が終わり、私達は部屋に戻る。

部屋は二つ借りており、《ベオウルフ》の三人で一室、私とマウルとメアラ＋エンティアで一室という形になる。

図体《ずうたい》のでかいエンティアは酒場には連れて行けないので、客室で大人しくしてもらっていた。

ご馳走をお土産に持ち帰って来たマウルが、床の上で丸くなっているエンティア（遠目に見ると、巨大な白いモフモフの塊にしか見えない）に話し掛ける。

しかし、エンティアは既に寝息を立てていた。

「あ、もう寝ちゃってる」

「今日は朝から歩きっぱなしだったから、いい運動にもなったし疲れちゃったのかもね」

私は改めて客室の中を見回す。

大きな木製のベッドが三つ備えられた内装は、清潔で広い。

加えて、この客室、ベランダのように外にデッキがあり、そこには――。

「凄《すご》い！　見て見てメアラ！　お風呂《ふろ》だよ！」

部屋の外に湯浴《ゆあ》み場が作られているのだ。

流石に温泉というわけではないが、天井も開け放たれており、夜空を見ながら湯船に浸《つ》かることが出来る。

まるで露天風呂《ろてんぶろ》付き個室旅館みたい。

……元の世界ではずっと、休みさえ取れたら行きたいと思ってたんだよなぁ。

結局行けなかったけど。

「……さっきも一回来たから知ってるよ」

チェックインの際に一度見ているので、メアラは私のはしゃぎっぷりに呆《あき》れたような顔をする。

一方で、満腹と疲れから、エンティアにもたれかかるようにして寝てしまったマウルの肩を、メアラは揺する。

「マウル、ちゃんとベッドで寝ないと体壊すぞ」

「うーん……むにゃむにゃ」

「まったく」

嘆息しながら、メアラはマウルに布団をかける。

「…………あの……さ」

そこでメアラは、少し遠慮気味にではあるが、私へと声を掛けてきた。

「うん？」

「その……ずっと言いたい事があったんだ」

……どうやら、さっきから物思いに耽《ふけ》っていたのは、私へ伝えたい事があったからのようだ。

マウルも寝静まり、こうして二人きりとなったので、腹を括《くく》ってくれたらしい。

その意思に応《こた》えるように、振り返り、私はメアラを見据える。

いつも、まるで周囲を警戒するように鋭く尖《とが》らせている目も、今はしおらしく伏せられている。

「なに？」

「……ごめん……って、謝りたかった」

藪《やぶ》から棒に、メアラはそう言った。

私は、思わず一瞬呆《ほう》けてしまった。

「今日まで、家を補強してもらった事もちゃんとお礼を言ってなかったし……昼間の市場でも、俺、余計な事ばっかり言ったりやったり……それを、全部マコに庇《かば》ってもらったも同然だったから」

「…………」

あの冒険者の男を相手にして、金額をふんだくろうとしたり、クレームに対してまともに取り合わず突《つ》っ撥《ぱ》ねようとした事とかを、彼なりに反省していたようだ。

それに、それ以前――私達が初めて出会った日の夜の事も、ずっとお礼を言いたかったのだ。

だけど、私が人間で信用出来ないという点もあって、素直な態度で接する事が出来ずにいたのだろう。

ここ数日の、メアラの何かを含んだような、二の足を踏んでいるような態度の数々を思い出す。

「……ふっ」

思い出し……私は思わず吹き出してしまった。

「な、なんだよ！」

「メアラって、本当に優しいね。律儀というか、まじめというか」

「ば……バカにしてんのか」

「ううん、そんなんじゃないよ。そうだよね、今までずっと、マウルを一人で守らなくちゃいけなかったんだもんね」

「………」

私が言うと、メアラは顔を赤く染めてそっぽを向いた。

照れてる！

超かわいい！

そうだ、彼だってマウルと同い年、年相応の子供なのだ。

大人に甘えたっていいはずなのに。

「ねぇ、メアラ。一緒にお風呂入る？」

「入らない！」

「まぁまぁ、そう言わずに。気持ち良いよ？」

「今日は疲れたからもう寝る！」

メアラは勢い良くベッドの中に潜り込んでしまった。

くそう、まだ好感度が足りなかったか。

◇◇◇

「へぇ～……ここが、かぁ」

翌日。

街の中心近く――かなり大きな石造りの建物の前に、私は到着を果たした。

宿の従業員に場所を聞いてやって来た――ここが魔法研究院だ。

ちなみに、マウルとメアラ、エンティア、《ベオウルフ》三人衆は、村へのお土産（食料や生活必需品等）を買うため、市場の方へと向かっている。

私もマウルとメアラに昨日《きのう》の売り上げの金貨を渡して、村に帰った後の食料とか、あとエンティアのご飯とかを買っておくように言っておいた。

で、私はその買い物の間に挨拶《あいさつ》を済ませてしまおうと思い、ここまで来たという感じである。

「へぇ、石を積んで作ってあるんだ」

建物の外壁に触れる。

一個一個、切り出した石を積み重ねて作ってあるようだ。

アバトクス村（《ベオウルフ》達の村）の家々のような木造と違い、かなり頑丈な作りであることがわかる。

「接合材に使われてるのは粘土かな？　セメントとかじゃないんだ」

……おっと、いつまでも気を取られているわけにはいかない。

色々と気になるところはあるが、今日ここを訪れた用件を早く済ませなくては。

私は正面の入り口――巨大な門の方へと向かう。

門の両サイドには、物々しい甲冑《かっちゅう》を着た騎士が二人、門番として立っていた。

凄いな、まるでお城のようだ。

そういえば、この院って王子様が創立したとかって言われてたような……。

「何者だ」

そこで、門番さんの一方が、兜《かぶと》の奥からギロリと鋭い視線を向けてきた。

ひえぇ……怪しまれる前に早く名乗らないと。

「あの、マコです」

「…………」

……いやいや、阿呆《あほ》か私は。

緊張して変な自己紹介をしてしまった。

「あの、昨日、市場でイクサさんという方に魔道具を販売させていただいた者です」

改めて冷静に、私は再度自身の身の上を伝える。

確か、昨日はこれで話を通しておいてくれると彼は言っていたが……。

「……！　おい！」

すると門番は、それを聞いて驚いたように、もう一方の門番に何やら指示を出した。

相方の門番は頷《うなず》くと、扉を開けて院の中へと入っていった。

「失礼な物言いをして済まなかった、少し待っていて欲しい」

一方、残された門番は態度を急変させ、私に向かって静かな声でそう言った。

よかった。どうやら話は通っていたようだ。

――やがて扉が開き、私は院の中へと通される。

「やぁ、待っていたよ！」

応接間とかに向かうのかと思いきや、入っていきなり、目の前にイクサがいた。

相変わらずの、端整だが子供のように純粋そうな顔立ちに、耳に掛かるくらいの絹糸のような金髪。

「……？」

そこで気付いたのだが、イクサの後ろに一人、背の高い女性が立っていた。

鎧《よろい》等は装備していない。

しかし、体格にフィットした高級そうな黒地の服を着ているため、シュッとした、スタイリッシュな印象を受ける。

言い方は現代的だが、敏腕キャリアウーマンみたいな、クールビューティーみたいな。

但し、腰には剣を佩《は》いており、鞘《さや》はベルトのような固定具で装着している。

黒髪に細い眼《め》。目元に傷がある。

「君から譲ってもらった魔道具、実に素晴らしい代物だ！　一晩中眺め倒してしまったよ」

そう言って、イクサは私の手を取り、興奮した様子でぶんぶんと振るう。

「は、はぁ、それは良かったです」

「王子、少々落ち着いてください。相手の方も困惑しております」

そこで、イクサの後ろに立った女性が、そう言い放った。

見た目に似合うハスキーボイスだった。

……いや、ちょっと待って？

「お、王子？」

そうだ、思い出した。

昨日、宿屋の酒場で、《ベオウルフ》の一人――ラムが言っていたんだ。

この院は、この国の王子の一人が作った。

……え！　イクサが王子だったの⁉

「まったく、また下層の市場に顔を出したのですか？　少しは自粛していただきたい」

「いいじゃないか、スアロ。ほら、下々の民の生活を見るのも、王族の仕事というアレだよ」

溜息《ためいき》を吐《つ》く女性に対し、イクサは笑いながらそう受け応《こた》える。

瞬間、私に向き直ると、彼は軽快に名乗った。

「では改めて……僕はこのグロウガ王国の第七王子にして、この魔法研究院の院長。イクサ・レイブン・グロウガだ。よろしく」

「王子様なんですか？」

改めて差し出された右手。

咄嗟《とっさ》に手を出し、握手をする私。

そんな私に、グロウガ王国第七王子……らしい――イクサ・レイブン・グロウガは、軽やかな笑みを浮かべる。

「ああ、君も聞いた事くらいはないかな？　『政治に無関心で、自分の趣味ばかりに没頭している道楽王子』――それが僕だよ」

すいません、十数日前にこの世界に来たばかりなので、余裕で初耳です。

ちらりとイクサの後ろを見ると、スアロと呼ばれていた背の高い女性が、鋭い目で私を見詰めている。

おそらくこの人は、護衛《ボディーガード》とかそういう立場の人物なのだろう。

……うーん、怪しまれないように言動を注意しなくちゃいけないいんだろうけど、私の素性ってこの世界じゃ怪しみしかないよね、冷静に考えると。

（……なんとか誤魔化《ごまか》さないと……）

「まぁ、否定はしないけどね。僕自身、今は魔道具の研究に余念がない。この院も僕の意向で作られたものさ。古今東西、あらゆる魔道具の研究と保管を行うための施設が欲しいって。代わりに後継ぎ争いから身を引くと言ったら、他の王族達が喜んで資金を援助してくれたよ」

「またそのような事を……」

呵々大笑《かかたいしょう》するイクサに、後ろでスアロさんが呆れ顔になっている。

イクサ、本当に自分で言う通りの放蕩《ほうとう》王子って感じなのかな。

「イクサ王子、貴方《あなた》とて王位継承権を持つ立派な王族の一人なのですよ。その権限は、放棄すると言って簡単に捨てられるものではありません。なにより――」

スアロさんが、私の方をキッと見てきた。

目つきや顔立ち……同性だけど、惚《ほ》れ惚《ぼ》れするほど恰好《かっこ》良《い》いな、この人。

「そのような発言を容易《たやす》く、民の前で漏らすのはどうかと思われます。面白がって、下手《へた》に噂《うわさ》を流されてはたまりません」

「おいおい、それは彼女に失礼だろう？　スアロ」

「うんうん、わかりますよ、それ」

深く頷く私に、二人は一瞬目を丸くする。

どうやら私をディスる旨の発言が含まれていたようだが、実際同感としか思えないからしょうがない。

ガセ、ホラ、自分勝手な解釈で行われるデマと炎上騒動は、本当に虚《むな》しいものである。

「ははっ、ほら言ったろ？　スアロ。彼女は、どこかそこら辺の商人とは違う感じがするんだ」

「…………」

イクサの言葉にも、しかしスアロさんは、警戒心を解く様子はない。

「さて……えーっと、そうだ、君の名はマコでよかったかな？」

「はい、ホンダ・マコです」

「マコ、君に昨日売ってもらった剣について、色々と聞きたい事があるんだ」

イクサは昨日と同じように装備している肩掛け鞄《かばん》の口を開けると、そこから私が錬成した刀を取り出した。

この四次元ポケットみたいな鞄、基本的に肌身離さず持ってるんだ。

「まず、この剣をどういう経緯《ルート》で仕入れたのか」

「あ……」

だよね、まずそこが気になるよね。

と言っても、私はこの世界の事どころか、この国の事すらよくわかっていない。

流通や貿易関係なんて、チンプンカンプンだ。

現状に対する知識が全くないので、誤魔化しが利かない。

「そして、何故《なぜ》、人間の君が獣人達と一緒に商売をしているのか」

「じゅ、獣人と一緒にいるのって、おかしいですか？」

「おかしくはないさ、むしろ僕には理想的だとすら思える」

そこで、ふと、イクサはどこか寂しげな表情をした。

彼の表情の変化に、スアロさんも視線を向ける。

何だろう――と、私が疑問に思う暇もなく、続いての言葉を紡いだのはスアロさんだった。

「通常、大半の獣人は人間を恨んでいる。人間が富を得るために、多くの獣人が授けられるべき恩恵を奪っていると考えているからだ。だが、貴方はむしろ獣人達から頼りにされているような雰囲気すら感じた……と、王子は昨日おっしゃっていた」

「…………」

なるほど。

やっぱり、素性を怪しまれている様子だ。

私は内心で溜息を吐く。

仕方がない、嘘《うそ》を吐いてもボロが出るだけだ。

ここは、正直にすべてを話してしまおう。

「この剣は、私が魔法で作り出しました」

…………。

……一瞬、時が止まった。

イクサも、スアロさんも、直前の表情のまま完全に停止している。

研究院の外の雑踏の音だけが、綺麗《きれい》にＢＧＭと化していた。

「……それは、本気で言っているのかい？」

イクサが言う。

声のトーンが……何だろう、少し下がった気がする。

「え、あ、はい」

「その嘘を我々が信じると、本気で思っているのか？」

スアロさんの、険の籠《こも》った声が聞こえる。

ええ⁉　本当の事なのに信じてもらえないの⁉

「魔力を持つ人間、魔法を使える人間は、特殊な血筋のみ。ほとんどが王族や貴族の血筋だ」

イクサも、まるで品定めするように私を見ている。

「君は一体、どこの出身だ？　この国の人間なのか？」

「………」

……困った。

ここで正直に、『私はこの世界とは違う別の世界の人間で、気が付いたら原っぱの真ん中で寝ていて、幸いにも魔法が使えました』と言って、果たして信じてもらえるのだろうか？

相手は王族。下手な事を言ったら、最悪の可能性も……。

さて、どう説明すれば、最も当たり障り無く済むか……。

そう思案していた、その時だった。

「失礼、イクサ王子」

あの門番の一人だった。

院の入り口の扉を開け、ちょうどその真ん前で話し込んでいた私達を発見すると、まっすぐイクサの元へとやって来た。

どこか焦っているような、狼狽《ろうばい》しているような雰囲気にも見える。

彼はイクサの耳元で、何かを囁《ささや》くように伝えた。

「……通して構わない」

イクサが言うと、再び扉が開く。

現れたのは、また別の甲冑を着た壮年の男性だった。

門番よりも軽装の鎧であり、兜も顔が見えるタイプだ。

彼はイクサの前で跪《ひざまず》き、深く首《こうべ》を垂れる。

「失礼いたします、イクサ王子。恐れながら名乗らせていただきます。自分は、この市場都市ロッシュウッドの市井警備を担当する騎士団に所属する者で、名を――」

「挨拶《あいさつ》はいいよ、早く事情を説明してくれ」

恭《うやうや》しく行われる定型行事っぽい事を中断し、イクサは発言を急がせる。

「盗賊が出たというのは、本当かい？」

「はい、街道を通る行商人を狙《ねら》って盗みを働いていた、数名のならず者集団。以前から手配書の回っていた者達です」

盗賊？

騎士の男性は、続ける。

「盗賊団は第四地区市場近くの商店を強襲し、店内にいた従業員及び客数名を人質に、イクサ王子に交渉を持ちかけてきております」

「僕に？」

「はい……王子の研究院が占有する魔道具、そのすべてを寄越《よこ》せ、と」

◇◇◇

研究院を出た私達が現場へと向かうと、その盗賊が占拠しているという商店の周りは、既に人だかりでごった返していた。

「あれは……大商家ウィーブルー家の営む高級青果店だ」

イクサが言う。

青果店ということは、八百屋《やおや》……フルーツパーラー的な店なのだろうか。

街の中にしっかりと構えられた店舗と、華やかな外観から、かなり高級店っぽい雰囲気が感じ取れる。

イクサとスアロさんは、騎士団の方々と何やら話をしている。

私は人だかりに交じり、店の様子を遠目から見ていた。

「マコ！」

そこで、声が聞こえて振り返る。

少し離れたところに、三人の《ベオウルフ》達の姿があった。

ラム、バゴズ、ウーガの三人だ。

「……え？」

そこで私は、信じられないものを見た。

彼等のすぐ横に、巨大な白いモフモフが丸まっている。

エンティアだ——という事はわかった。

問題は、そのエンティアの白毛の一部が、赤く染まっている事だ。

「エンティア！　怪我《けが》したの⁉」

私は慌てて駆け寄る。

エンティアは私の声に気付くと、顔を上げた。

『おお、姉御《あねご》』

「大丈夫？　傷は深いの？」

『この程度どうってことはない、掠《かす》り傷だ。それよりも……』

エンティアは苦々しげな眼《め》で商店の方を睨《にら》む。

私の脳裏に、嫌な予感が浮かんだ。

「……マウルとメアラは？」

私が冷静な声音で問い掛けると、三人の中のラムが口を開いた。

「あの盗賊共……店の中にいた人間を人質に取って立て籠ってるって」

ギッと、歯を食い縛るようにして言った。

「マウルとメアラも、あの店の中にいたんだ」

◇◇◇

「あいつらマコのために、ちょっと高級で美味《おい》しそうな果物を買うって、二人で選ぼうってよ」

「……俺達は俺達で、市場の方に行っちまってたから」

「すまねぇ、マコ。俺達が付いていてやるべきだった」

ラム、バゴズ、ウーガの三人が、悔しそうに拳《こぶし》を握り締める。

私は黙って、盗賊達に占拠されたという高級青果店の方を見詰めていた。

『姉御、我慢出来ん、行かせてくれ』

エンティアがムクリと起き上がった。

『我が突っ込んで、今度こそ盗人共を蹴散《けち》らし、マウルとメアラを助ける』

「お、おいエンティア！　また突っ込む気か⁉」

「やめろ！　無暗《むやみ》に飛び込んで抵抗しようもんなら、奴等《やつら》人質を傷付けるつもりだぞ！」

「お前、さっき助けようとして、結局手出し出来なくて盗賊に切り付けられたの忘れたのか！」

眼光を鋭く尖《とが》らせ、今にも駆け出しそうなエンティアを、三人が慌てて押さえる。

彼等はエンティアの言葉を理解出来ないが、何をしようとしているかは大体わかるのだろう。

『ええい！　放せ！　我は神狼の末裔《まつえい》だぞ！』

「駄目、エンティア。まずは冷静に、だよ」

そこで私は、興奮するエンティアの鼻先をキュッと摘《つ》まむ。

『むみゅ……』

「熱くなっちゃダメ」

私に諭され、項垂《うなだ》れるエンティア。

一方私は、盗賊団が占拠しているという高級青果店の前――そこに陣取り、様子を窺《うかが》う騎士の一団の方を見る。

先程、研究院の中で聞いた通り、彼等がこの都市を守る騎士団。

言わば、警察みたいなものと思われる。

イクサと話し込んでいるところから察するに、きっと何か、対策を考えてくれているはず。

「ラム、バゴズ、ウーガ、ごめん、私ちょっとあの人達のところに行ってくるね」

三人は、こくりと頷《うなず》く。

「エンティア、くれぐれも暴れないようにね」

『……わかっている』

「そうだぞ、エンティア、大人しくしてろよぉ」

「ほれ、腹わしゃわしゃしてやるぞ、わしゃわしゃ」

『ええい、やめろ！　お前等にはわしゃわしゃされたくない！　我をわしゃわしゃしていいのは姉御だけだ！』

三人の《ベオウルフ》に撫《な》でくり回され、別の意味で立腹しているエンティアを一瞥《いちべつ》し、私はイクサ達と騎士団の元へ向かう事にした。

今後の動きと、詳しい情報を教えてもらいたい。

◇◇◇

「ちょっと待ってくれ！　今、何て言ったんだ⁉」

「ん？」

盗賊団に占拠されたという店から少し離れた地点、そこに、騎士団の騎士達が密集し待機している。

数名の騎士達が並んで、まるで警備員のように、人波を店舗の方に近付かせないための防波堤となっている。

その真ん前まで辿《たど》り着《つ》いたところで、イクサの緊迫した声が聞こえた。

「…………」

甲冑《かっちゅう》を着た騎士達が、まるで壁のように集まっているので、その中心の様子が見えないが……何か、嫌な予感がした。

急いでイクサのところに行かないと、いけない気が。

私は黙って、騎士達の間を潜《くぐ》り抜《ぬ》けようとする。

「ん？　おい、お前！」

当然、一瞬で見付かった。

「何をしようとしている。ここから先は──」

「すいません！　私、イクサ王子の知り合いなんです！」

私は躊躇《ちゅうちょ》無く、そう叫んだ。

「そうなのか？」

と、その騎士は、すぐ横の別の騎士に聞く。

あ！　この騎士、さっき研究院にイクサを呼びに来た騎士だ。

しめた！

「そうですよね⁉　さっき、院から一緒に来たんですもんね⁉」

「あ、いや、まぁ……」

その騎士自身、「あれ？　そういえばこいつ、なんであの場所にいたんだ？　というか、なんで一緒に付いてきたんだっけ？」という認識だろう。

しかし、悩んでいるその隙を利用し、私はすぐさま騎士達の中へと突っ込んだ。

「あ、おい！」

後ろから声が飛んでくるが、密集した騎士達の中を掻《か》き分《わ》けて来るのには時間がかかるだろう。

その間に、私は体勢を低くして、騎士達の足元をすり抜けていく。

やがて辿り着いた先、イクサの姿があった。

後ろにスアロさんが控えている。

「結論をお話ししたまでです」

そのイクサの前に、一人の男性が立っていた。

他の騎士に比べて少しデザインの違う、なんだか威厳のありそうな雰囲気の、やたら偉そうな男性だ。

兜《かぶと》の下、露《あらわ》になっている顔からは、ふてぶてしさが感じられる。

「……ならばもう一度言って欲しい、騎士団長。僕の聞き間違いだと願いたいからね」

「このまま商店に突入します」

騎士団長——と呼ばれたその男性が、感情の無い声で言った。

イクサが眉間《みけん》に皺《しわ》を寄せる。

「既にウィーブルー家には通達しました。店に生じた損害はこちら側で補填《ほてん》すると」

「そういう話じゃない！　つまり、最悪の場合人質が危険に晒《さら》される……いや、人質を見捨てるって事じゃないか！」

「ご安心を、王子。調べはついております」

声を荒らげるイクサに対し、騎士団長は嫌なほど冷静だ。

「現在、あの店の中にいる人質は、下働きの店員が数名。そして客は運良く、獣人の子供二名だけとのことです」

「……王族も貴族もいない……だから、平気だっていうのか」

「王子、我々はこの国に忠誠を誓う騎士です」

騎士団長は慇懃《いんぎん》な態度で言う。

「我等が騎士に命ぜられた最大にして最優先の任は只一《ただ》つ――王族のために尽くせ。我等が主はグロウガ国王。そして国王曰《いわ》く、〝王族の所有物は何人《なんぴと》にも奪われてはならない〟。魔道具は、太古の昔より魔力を携えし王の血族が生み出してきた、王の所有物なのです」

「…………」

「相手は盗賊団。ならず者の最底辺の者達。そのような連中に、我々が舐《な》められるわけにはいきません」

「……その過程で人質が死んでも――」

「仕方のない犠牲です」

…………何と言うか。

騎士団と言えば、正義を重んずる敬虔《けいけん》なる戦士。

国を守る衛士という認識ゆえに、きっと警察のように市民の安全を守るために尽力してくれるはず。

つまり、マウルとメアラを救う事も考えてくれているはずだと――そう、私は勝手に考えていた。

いや、違う、それが常識だと思っていた。

素人《しろうと》が横から口や手を出しちゃいけない。

やるべき役職の方々に、任せるべきだ、と。

（……でも、これは違うよね……ショウタロウ……）

人情深く己の信念に厚い熱血漢、仮●ライダーW《ダブル》のヒダリ・ショウタロウを思い出す。

私の心の中に、熱い何かがふつふつと沸き上がってくる。

「僕は、人質を解放するためなら……これを渡してもいいと思っている」

一方、イクサは肩から掛けている鞄《かばん》を示し、そう言い放った。

驚いた。あんなに魔道具に熱心なイクサが、そう言った事に。

しかし、騎士団長の目は冷ややかなものだった。

「貴方の意志は関係ありません、イクサ王子。第七王子である貴方よりも、現国王の意向が優先されるのは当然です」

「……ッ！」

「……貴方をわざわざここに呼んだのは、別に交渉の相手に指名されたから……というわけではありません。貴方に、きちんと現実を見ていただきたいからです」

そこでふと、騎士団長は嫌らしく笑った。

「もうこれ以上、『人も獣人も平等に生きるべきだ』などという、現国王の理念に反するくだらない理想論を語らないように」

では――と、騎士団長はイクサに背を向ける。

「待て――」

前に出るイクサ。

しかし、その肩を、背後からスアロさんが押さえる。

「スアロ……」

「イクサ王子、ここは冷静に。よくお考え下さい……魔道具を、軽はずみに手放すわけにはいきません」

「…………っ」

悔しそうに歯嚙《はが》みするイクサ。

そんな彼の姿を見て、騎士団長は「ふんっ」と小馬鹿にするように鼻を鳴らす。

「よし、お前達――」

と、部下達に指揮しようと振り返った。

その騎士団長の前に、私は立った。

「ん？」

私は腰を低く落とし、右腕を肩ごと引いて構える。

「マコ……」

そして、イクサが私の姿に気付いた、その瞬間。

「セイッッッ！」

裂帛《れっぱく》の声と共に、私の放った上段の正拳は、まっすぐ騎士団長の防具で守られていない顔面へと吸い込まれていった。

鼻っ柱に命中。

骨が軋《きし》む感覚が拳を伝わる――。

「ぐぶぇぇっ！」

騎士団長は怪鳥の雄叫《おたけ》びみたいな声を発して、地面をゴロゴロと転がっていった。

私は「ふんっ！」と、腰に手を当てて仁王立ちする。

ぽかん――と、その光景を見て、騎士達も、イクサも、スアロさんも、全《すべ》ての人達が停止していた。

「…………」

まぁ、いきなり現れた女が甲冑を着た男を殴り飛ばしたなら、そんな風にもなるでしょうね。信じられない光景だろう。

私だって、まさかホームセンターに就職した結果、自分がこんな事になるとは思ってもいなかったよ……。

ホームセンターで売っているものには、なんてったって重量物が多い。

食品では、袋売りの米や段ボール売りのペットボトル飲料。

家具は言うまでもなく、農業資材関係では業者使用の肥料、建築資材に至っては砂利、石材、鉄骨、ほとんどが重量物。

平均重量二十キログラム前後の商品がゴロゴロあり、それらを毎日のように腕で持ち上げて運んでいるのだ。

約十五キログラムのコンクリートブロックを百個、約二十五キログラムのセメントを百袋、トラックに積み込むなんてザラである。

就業時間＝筋トレ時間に近い。

更にそんな毎日を繰り返していれば、やがて負担が掛からない動きをするにはどうすればいいか、効率的な稼働の仕方を体が覚えるようだ。

必然、私の体は自然と鍛錬が施されていたようで、会社の定期健康診断で医者の先生に……。

『……ジムとかに通ってます？　もしくは格闘技とかやられたりしてますか？』

『いいえ、休日は基本、家で特撮番組ばかり見てゴロゴロしてます。やっぱり運動とかした方がいいでしょうか？』

『え？』

『え？』

……という会話をしたほどだ。

「だ、団長！」

話を戻します。

ごろごろ転がって、騎士団長は部下の騎士達の足元で停止する。

そして、鼻を押さえながら起き上がった。

「な、何をする！　誰だ、貴様！」

「イクサ王子」

声を荒らげている騎士団長は無視して、私はイクサに話し掛ける。

「マコ……」

「イクサ王子の意見を聞かせてください」

ほんのついさっき、あの研究院で。

イクサは言った、獣人と一緒にいる私に『本当はその方が理想的』と。

詳しい経緯は知らない。彼の過去や事情――その人生の中で何があったのかは、私にはわからない。

でも、彼はきっと――少なくとも、『今何をすべきか』という点に関しては、私と同じ価値観のはずだ。

「イクサ王子は、この騎士団長の考えに賛同しますか？　それとも、人質を助けたいですか？」

「……助けたい、と言ったら？」

「なら、私に協力してください」

私はハッキリと、彼の目を見てそう言った。

「私に考えが――」

「貴様！　無視するな！　この私が王国直属、市場都市ロッシュウッド警護騎士団の団長と知っての――」

「すっこんでろッ！」

飛び掛かって来た騎士団長に、もう一発、拳《こぶし》をお見舞いした。

「ぐぶぇえっ！」

騎士団長は、先程と同じ軌道を描きながら吹っ飛んだ。

テンドンか。

「……考えがあります。盗賊団のみを制圧し、人質を助け出せる、ある作戦が」

「それは、どんな作戦だい？」

「イクサ王子。さっきも言った通り、私は魔道具を生み出す力を持っています」

イクサが目を見開く。

そう、私の《錬金》により生み出される金属には、多かれ少なかれ、魔法効果が付与されている。

その物品自体が元々持っている性能を強化するような。

また、あの刀のように、魔力を持つ人間が力を籠《こ》めると、特殊な武器になるような。

……ならば、一つ、アイデアがある。

「マウル、メアラ、すぐ行くから」

私は《錬金》の力を発動する。

全身から湧《わ》き上がる発光。

私が魔法を使う姿に、騎士達も、そしてイクサもスアロさんも驚愕《きょうがく》している。

「これは、魔法。やはり君は……」

そして、私は〝ある金属〟を生み出す。

これは、どこのホームセンターにも売っているような、ホームセンター定番の品物。

そして、私の考え通りなら——上手《うま》くいけば、この状況をシンプルに打開出来るかもしれない、最強の武器なのである。

◇◇◇

「団長！　お気を確かに！」

「止めろ！　揺らすな！」

「……うわぁ」

さっきの一撃が、偶然にもいいところに入ってしまったようで……。

気絶させてしまった騎士団長が、部下の騎士達に介抱されている様子を眺めていると、少し申し訳ない気持ちになる。

……しかしまぁ、私がいつまでもそうしているわけにもいかない。

気持ちを切り替え、私は盗賊団に占拠された店の方を見る。

「盗賊共に告ぐ！　イクサ王子が参られたぞ！」

騎士の一人が店に向かってそう叫ぶ。

すると店の入り口が少しだけ開き、その隙間から誰かが顔を出した――盗賊の一人だろう。

上手く隠していて、顔はちゃんとは見えない。

「魔道具は持ってきたのか⁉」

盗賊が叫ぶと、イクサが答える。

「ああ！　持ってきた！　僕が渡しに行けばいいのかい⁉」

「バカか！　魔道具は無力な一般市民に持って来させろ！　騎士でもお前でもねぇ！」

盗賊の要求は、魔道具を一般人に持って来させろというもの。

うん、理想通りの展開だ。

「了承した！」

言うと、イクサは私のところにやって来る。

そして、肩から掛けていた鞄《かばん》を、私に差し出してきた。

そう、作戦は単純。

まず私が、無関係で無力な一般人を装い、イクサの鞄を持っていくところから始まる。

「……マコ、本当にいいのかい？」

「大丈夫ですよ、王子」

私は微笑《ほほえ》む。

半分は虚勢だ。

……ごめん、本当はほとんどが虚勢。

今更になって、自分が何をしているのか、恐ろしくなってきた。

騎士団の団長を張り倒し、騎士団の動きをイクサの権限で止めさせ、こんな私の作戦を優先させるなんて……。

……でも、こうなったからには、やるしかない。

「マウル、メアラ」

私は二人の顔を思い出し、鞄を掛け直す。

勇気が出た。

大丈夫、大丈夫。

こんなのお盆の繁忙期に、アルバイト君もパートさんも帰省して正社員以外の出勤者が0人だった時の絶望感に比べれば、どうって事ない。

◇◇◇

「お？　来たか」

店の扉を開けて、中へと入る。

清潔感と華やかさで満たされた内装は、高級店らしく、そこまで広々としたものではない。

多種多様なフルーツや野菜、また、それらを使った料理なんかが販売されているようで、テーブルに並んでいる。

そんな店内に、こんな場所には似合わない人達がいる。

その手に剣や斧《おの》や、ともかく武器を持った、野蛮そうな恰好《かっこう》の屈強な男達。

彼等は店内の売り物を手に取り、適当にかぶり付きながら、入ってきた私をにやにやとした目で見詰めている。

私は素早く視線を流す。

入り口に立つ私から見て、右側に三人、正面に一人、左側に六人。

全部で、十人。そこそこの人数だ。

「はっ、まさかここまで上手くいくとはな。なぁ、リーダー」

「まったくだ、アクビが出るぜ」

仲間の声に、私から見て正面——ちょうど、店の真ん中で椅子に腰掛け、フルーツのパイらしきものを頬張《ほおば》っていた男が答えた。

強靭《きょうじん》そうな太さの腕や足、胴体、そして傷だらけの顔——威圧感が半端ない。

この盗賊を束ねるリーダー、らしい。

「おい、お前、言っておくが妙な正義感なんざ振り翳《かざ》そうとすんなよ」

リーダーさんが、私を指さし言う。

「俺達の言う通りにしなけりゃ、お前も、この人質達も無残に殺す」

そう言って、リーダーさんが親指で指し示した先には——店舗左側の盗賊達六人と、その足元に座らされている人質達がいた。
四、五名の人間がいる。
彼、彼女等は、この店の従業員らしいが、床の上でガタガタと体を震わせている。

そしてその横に、小さな影が二つ。

マウルとメアラがいた。

私が視線を向けると、二人は驚いたように目を見開いた。

「マ――」

叫び出しそうになったマウルを、咄嗟《とっさ》に、横からメアラが押さえた。

ナイス、メアラ。

おそらく今、マウルは思わず私の名前を叫びそうになったのだ。

二人を知っている私が、無関係の一般人を装って現れた。

何かの事情があると判断し、私の意図を汲《く》んでメアラはマウルの口を押さえてくれたのだろう。

「魔道具は、イクサ王子様から預かったこちらの鞄の中に入っています」

私は業務的な口調でそう説明し、肩から掛けていた鞄を両手で抱えるようにして持つ。

「よし、持って来い……いや、待て」

そこでリーダーが、何かを思い付いたように口元に笑みを浮かべた。

「お前、何も仕込んでないだろうな？」

「え？」

「何か、武器やら隠し持っちゃいねぇだろうなっつってんだ」

ぴっ、と、リーダーは私に人差し指を向ける。

「確認する。服を脱げ」

「……ふ、服を、ですか？」

「いいんすか？　リーダー、〝流れ〟と違いますぜ？　チンタラやってたら問題なんじゃ」

そこで、私が困惑を見せると、比較的若い盗賊の一人が、そうリーダーに向かって言った。

「いいんだよ、この程度の役得くらい〝アイツ〟も大目に見るだろ。どうせ逃げ道も確保されてんだ、時間なんざ関係ねぇ」

……ん？　アイツ？　逃げ道？

何やら、疑問が残る発言ではあるが、私は怪しまれないようにその点に深く突っ込まない事にした。

「おら、何してんだ、とっとと脱げ」

リーダーが急《せ》かし、他の盗賊達もニヤニヤとこちらを見る。

なるほど、ストリップショーをやらせたいらしい。

流石《さすが》は盗賊、発想がゲスい。

……だが、心配はご無用。

この展開、ある意味、私にとっては願ってもない事態なのだ。

……いや、違うよ！　決して人前で裸になりたかったとかそういうわけじゃないよ！

そうじゃなくて、この後、私が起こそうとする事を考えるなら、十分利用出来る流れだ。

「は、はい……」

私は鞄を足元に置くと、恥じらいを見せながら服に手をかける。

おずおずと、服の肩口に手を添え、上着を脱ごうとして、そこで止まる。

「あん？　どうした？」

「……申し訳ございません。人質の方々には、その……」

そこで私は、人質達の目にも肌を晒《さら》すのに抵抗があるような、生娘じみたキャラを演じる。

「……ちっ、おい！」

そこでリーダーは、人質側の仲間達の方を振り返り、指示を出す。

盗賊達は人質の方々を床に寝かせ、更に顔を伏せさせ私の方を見えないようにさせた。

……よし、上手くいった。

どうにかして、人質達を床に伏せさせる口実が欲しかったのだが、渡りに船だった。

さて、ここまで来たら、もうやる事は一つしかない。

そこからの私の行動は迅速だった。

「よし、これでいいか……おい！　何してる！」

私の方を振り返ったリーダーが、いきなり声を荒らげた。

理由は、私が既に服を脱ぎ終わっていたからだとか、そんな事じゃない。

私が、足元に下ろした鞄の口を開け、その中に手を突っ込んでいたことに対してだ。

「はい、皆様に魔道具をお渡しさせていただこうかと」

「んな事はまだいいんだよ！　それより服、っつーか、余計なマネを――」

リーダーの話など聞く耳の無い私は、四次元ポケットのようにあらゆるものが収納されているこの鞄の中で、ある物を掴《つか》む。

それは、先程私が錬成した武器。

掴み、持ち上げ、その勢いのまま横に思い切り振るう。

まるで剣から鞘《さや》が抜けて飛んでいくように、鞄は店の壁にぶつかった。

「な……」

現れたそれを見て、盗賊達は茫然《ぼうぜん》としていた。

今私が手に握っているのは、いわゆる〝パイプ〟だ。

金属のパイプ。

手摺《てすり》や配管に使われる〝アルミパイプ〟や〝ステンレスパイプ〟、〝白管〟〝銅管〟等ではない。

私が先程錬成し、そしてイクサから預かった鞄の中に隠し持って来たのは、私の身長を遥かに超える長さの鋼鉄のパイプ——〝単管パイプ〟だ。

建築作業の際に足場材として使われる、長さ約六メートル、重量約十五キログラムの長尺金属である。

「なん、だ、お前——」

「……すぅっ」

そこからの私の行動は早かった。

既に魔力を発揮するように意識していたため、私の魔力が伝線した〝単管パイプ〟は、魔道具としての性能を発揮していた。

六メートル近い全長の端を持っているにも拘《かかわ》らず、まるで羽のように、不思議なほど軽い。

私は両手で〝単管〟を握り、息を吸って力を籠《こ》める。

そして、驚愕に言葉を失う盗賊達に向け——。

「どっせいッ！」

まるでバットの全力スイングよろしく、それを振り抜いた。

「な！」

「ご！」

「ば！」

あたかも豪槍《ごうそう》の一閃《いっせん》。

店内の壁際まで伸びるほどの長さの〝単管〟が振り抜かれた事により、その軌道上にいた盗賊達の体が片っ端から搦《から》め捕《と》られ——。

「どりゃぁあああああ！」

全員纏《まと》めて、壁に叩《たた》き付けた——。

——だけに留《とど》まらず、十人の男達が激突した壁は粉砕され、盗賊達はそのまま店の外にまで吹っ飛んでいった。

「今だ！」

すっ飛ばされて来た盗賊達に、騒然とする人だかりの一般市民達。

すかさず外で待機していた騎士達が捕獲に乗り出す。

エンティアも鬱憤《うっぷん》を晴らすように飛び掛かっていた。

……しかし。

「……ん？」

「……大丈夫だ、既に気絶している」

どうやら、私のフルスイングの一撃で、もう全員意識が吹っ飛んでいたらしい。

盗賊達は白目を剥《む》いていた。

「ふぅ……やれやれ」

爆砕した壁の前に立ち、私は額の汗を拭《ぬぐ》う。

どうやら、上手くいったようだ。よかったぁ。

緊張から解放されて、私の全身から力が抜ける。

手に持っていた〝単管〟も、グワングワンと音を立てて床に落ちた。

「「マコ！」」

そこで、綺麗《きれい》に重なった声が背後から聞こえ、同時に体に何かがしがみ付いてくる。

マウルとメアラだった。

「や、二人とも……美味《おい》しそうなフルーツは選んでくれた？」

私が言うと、マウルは涙を滲《にじ》ませながら私の足に顔を埋《うず》め、メアラは表情を隠すようにそっぽを向いた。

◇◇◇

騎士の方々の迅速かつ的確な捕縛により、十人の盗賊達は一瞬にして拘束された。

これで暴れる事もないだろう、一安心だ。

私は、まだ太腿《ふともも》に手を回して引っ付いたままのマウルと、隣に立つメアラ、そして解放された人質の方々と共に、店の外へと出る。

現れた私の姿を見て、集まっていた群衆がざわめきを起こした。

「ふう、とりあえず一安心……」

「失敬！　マコ殿！」

その時だった。

盗賊達の身動きを封じ終えた騎士の方々が、ドドドドドドと一気に私の方に駆け寄ってきた。

「マコ殿！　マコ殿でよろしかったか⁉」

「あ、え？　あ、はい」

我先にと、精悍《せいかん》な顔付の男性達が私の前に集まる。

「この盗賊達の成敗に、一体どのような魔法、いや、武術を使われたのですか⁉」

「はい？　武術？」

キラキラと、まるで特撮ヒーローに憧《あこが》れる少年のように瞳《ひとみ》を輝かせながら、彼等は私に問い掛けてくる。

「えーっと、あの〝単管パイプ〟でブオンと」

私は店の中に放置してきた〝単管〟を指さして言う。

「なんと！　あの豪槍を、その細腕で⁉」

「どのような流派の槍術《そうじゅつ》を修められたのですか⁉」

「〝単管パイプ〟というのが、あの名槍《めいそう》の銘ですか⁉」

いや、名槍て……。

というか、質問攻めが凄《すご》いなぁ……。

「あ、あの、ありがとうございます！」

続いて背後から声。

振り返ると、人質にされていた青果店の店員の方々だった。

「お助けいただき、ありがとうございました！」

「きっと、名のある武人の方……いや、高名な魔法使い様なのですよね⁉」

「いや、全然、そんなんじゃ……」

前も後ろも大騒ぎである。

観衆の人達も私の姿を見てなんやなんやと色々な事を話している。

んむー……今は、それよりもしなくちゃいけない事があるのに。

「あの、すいません、一刻も早くイクサ王子に伝えたい事が――」

「チクショウッ！」

そこで、野太い雄叫《おたけ》びが聞こえた。

取り押さえられた、盗賊団のリーダーの発したものだった。

縛り上げられ地面に横たわった彼の前に、イクサが立っている。

「君達に、色々と聞きたい事がある」

珍しい魔道具を目の前にしている時のような、天真爛漫《てんしんらんまん》な顔とは違う。

真剣な面持ちで、イクサはリーダーに問い掛ける。

「何故《なぜ》、君達は今日、この青果店を襲い立て籠《こも》りなどというマネをした」

「……ッ」

「君達は普段、街道に出没するちんけな盗賊団だと聞いている。街中の商店を襲う組織力も、そして襲ったとしても無事に逃れられるような武力も保有していないように見える少数集団」

イクサは言う。

「なのに立て籠りなんていう非効率的な犯行に走り、事もあろうに王族に魔道具を要求。何もかもが行き当たりばったりに思える。お粗末というか、幼稚過ぎる。おそらく、だが……」

そう口にしてはいるが、イクサの中では何か心当たりがあるのか――断言するように彼は言った。

「今回の犯行、単純に金だとか、僕の魔道具が目的じゃないね。誰かからの依頼かい？」

「……ッ……ッ」

「例えば……僕を陥れるため。僕に対する嫌がらせとか」

盗賊のリーダーの呼吸が荒くなっていく。

「『獣人と人の平等なんていう綺麗事を謳《うた》う僕が』『僕のコレクションを渡したくなくて、獣人の子供を見捨てて』『実行を騎士団に一任し責任を負わせた』……街中で、しかも国中各地の人間が来ては流れていくこの市場都市で事件を起こすことによって、そんな噂《うわさ》を人民の間に流そうとした、からとか」

「……ッ！　……ッ！　……ッ！」

「誰《だれ》……いや、〝どの王子〟だい？」

「クソがッ！　おい、話が違うじゃねぇか！」

盗賊のリーダーは叫んだ。

叫んだ先は――彼の少し前方。

「ん……ん？」

そこに寝かされ、安静な状態にされていた騎士団長へだった。

今しがた意識が回復したのか、彼は体をむくりと起こすと判然としない感じで周りを見回し――。

「っ！　な、お前等、一体何だ、そのザマは！」

盗賊のリーダーを見て、驚愕《きょうがく》を露にした。

「そりゃこっちのセリフだ！　なにを呑気《のんき》に気絶してんだよ！　報酬を積むっつぅから口裏合わせて協力してやったのに、どういうつもりだ！」

「な、バカが！　こんなところで何を――」

「騎士団長」

瞬間、イクサが騎士団長の前へと歩み出た。

「どういうことだい？　まさか、あなたの自作自演だったのか？」

「あ、ぐ……が……」

声を失う騎士団長に、イクサは嘆息する。

「まぁ、驚きはしないよ……で、誰が無理難題を押し付けたんだい？」

「…………」

「こんな幼稚で、子供の発想みたいな嫌がらせを企《たくら》むのは〝第八王子〟あたりか？　それとも、父上の理念に対してどうこう言っていたからな、父上の飼い犬の〝第三王子〟もありえるか」

「…………」

「まぁ、第八王子の方だろうね。年齢が一桁《ひとけた》とは言え、あいつは暴君のキライが……」

刹那《せつな》、騎士団長は勢い良く立ち上がると、脱兎《だつと》の如《ごと》く駆け出した。

逃げるつもりだ。

「どけぇ！　ど――」

人波の中に紛れ込もうと思ったのだろう。

しかし突っ込む寸前、彼の前に一人の女性が立《た》ち塞《ふさ》がった。

スアロさんだ。

腰に佩《は》いた剣の柄《つか》に、手をかけている。

瞬間、スアロさんの右腕がブレた――と思った瞬間、騎士団長の甲冑《かっちゅう》が砕け散った。

「ご、お……」

そしてその場に頽《くずお》れる。

すご。

今の、もしかして〝居合い抜き〟ってやつ？

「ありがとう、スアロ。殺してはないよね？」

「はい、生身に関しては峰打ちで済ませました」

「イクサ王子、どういうことですか？」

そこまで来てやっと、私はイクサに話し掛けられた。

「……色々とあるんだ、今の王族には……」

彼は渋い表情で言うと、一転して申し訳なさそうに私を見た。

「君に、謝らなくちゃいけないかもしれない、かな」

「え？」

「多分、昨日《きのう》から君と一緒にいた獣人の子供達は目を付けられていたのかもしれない。こんな場所に獣人の子供は珍しい、しかも僕が関わってしまった。大金を渡して目立たせてしまったという点もある。僕の浅慮だった、申し訳ない」

そう言って頭を下げるイクサ。

……なんだろう。別にその全《すべ》てが、本当にイクサの責任って決まったわけでもないのに、謝るなんて。

色々とあるんだね、王族って。

「彼への聴取は後だ。それよりも――」

そこで、イクサに鋭い視線を向けられて、私はハッと思い出した。

そうだ、まずい、私が希少なはずの魔法を使ったりとか、このままじゃまた根掘り葉掘り尋問される。

「マコ、君は――」

「イクサ王子！　ウィーブルー家当主殿がお見えです！」

そこで、騎士の一人がこちらに駆けて来た。

「今回の一件で王子にご迷惑をおかけした点を謝罪したいという事と、人質の救出を行った女性の方に是非お礼がしたいという事で！」

イクサが、その騎士の方へと注意を向ける。

今だ！

私は一目散に、脇目も振らず走り出す。

「エンティア！」

人混みの中、丸まっていたエンティアの巨体が見えた。

近くにマウルとメアラ、そしてラム、バゴズ、ウーガの姿も。

彼等が昨日、商売品などを載せて運んできた荷車も見える。

『姉御《あねご》！』

「荷車を引っ張って思いっきり走って！　逃げるよ！」

『よし来た！』

私の意図を一瞬で感じ取ってくれた（これも《ペットマスター》の力だろうか？）エンティアは、荷車に結ばれた縄を咥《くわ》える。

「みんなも、そのまま台車に乗って！」

叫びながら走る私。

その時、横から騎士さん達が追い掛けてくる。

まずい、捕まえる気かも――。

「お待ちください、マコ殿！　是非、今度、我々にも鍛錬を！」

全然違った！

本当に真面目《まじめ》なのか天然なのかわからないな、この人達！

「わかりました、わかりました！　また今度で！」

適当に答えて、私は荷車に飛び乗る。

「えーっと、イクサ王子！」

荷車の上で立ち上がり、私はポカンとした顔のイクサに叫ぶ。

「その魔道具はあなたにあげるから！　研究とかに使って！」

放置されたままの〝単管パイプ〟を指さして言う。

そして――。

「王族って色々めんどくさい事情があるみたいだけど、負けちゃダメだよ！」

「……！」

私の言葉に、イクサは一瞬、大きく双眸《そうぼう》を見開いた。

その時には、私達を乗せた荷車は、疾駆するエンティアの巨体に引っ張られてその場から走り出した後だった。

◇◇◇

「ひゃあ、疲れたぁ……」

街道を走るエンティア。

その後ろの荷車の上で寝転がり、私は空を見上げた。

私を含め、大人の獣人三人に子供を二人乗せているのに、エンティアのパワーは本当に凄い。

しかし、この二日間だけで本当に色んな事があったなぁ。

もっとのんびりしたいのに。

特に政治的な話とかからは距離を置きたいですねぇ、まったく。

「マコ」

右を見る。

同じく寝転がったマウルの顔が近くにあった。

「えへへ……本当に凄いね、マコ、強くて恰好《かっこ》良くて……ありがとうね、助けてくれて」

照れながら、マウルはそう言った。

私は続いて左側を見る。

そちら側にはメアラがいた。

「……ありがとう」

視線を逸《そ》らしながら、メアラも言う。

「うん……本当、みんな無事でよかった」

再度私は空を見上げる。

吸い込まれそうな青空をしばし見詰め、目を閉じる。

お金も結構稼いだし、みんなへのお土産もいっぱい仕入れたし、今回の出稼ぎは上出来上出来。

村に帰ったら、のんびり過ごそう。

第三章　個性豊かな住人が村に集まってきます

『到着したぞ、皆の者』

エンティアが急ブレーキをかける。

私達は、昨日《きのう》の朝ぶりに《ベオウルフ》の暮らす村――アバトクス村の入り口に立った。

「え、もう着いたの⁉」

私をはじめ、みんなが驚く。

それもそのはず、昨日、半日がかりで歩いた街までの距離を、エンティアが本気で走ったら、ものの三十分程度で到着してしまったのだ。

「凄《すご》い、エンティア！」

「凄い凄い！」

『ふふん、まだまだ速く走れるぞ？』

私やマウルに褒められ、エンティアは自慢げに、鼻をツンと空に向ける。

『荷車を引いているゆえ、乗っている物資や人間の安全を考え、出来るだけ衝撃を起こさぬように考慮して走ってきたのだ。本来なら――』

「え！　何その天才ドライバーみたいな発言⁉」

まさか、この子にそんな才能があったなんて。

私は考える。

もしかしたら、エンティアがいれば街への出荷とかをもっとスムーズに行えるかもしれない。

それこそ、数日に一度とかではなく、一日に一回、行って帰って来られるような流通が完成したら、この村にとってても大きな利益だ。

「おし、マコ、さっそく村のみんなのところに行こうぜ」

一方で、ラム、バゴズ、ウーガの三人は、村の入り口へと荷車を引っ張っていく。

「みんな驚くぜ？　なんてったって、今回はあんたのおかげで大漁だからな！」

◇◇◇

「おお！　意外と早かったなお前等《まえら》！」

村の中心広場。

私達が到着すると、村のみんながわらわらと集まり出してきた。

「で、どうだった？　今回の成果は――」

「おう、まずは金の方だが」

ラム、バゴズ、ウーガの三人が出品者達に貨幣を分配していく。

商品を出した《ベオウルフ》達に、税金を抜いた分の純利が渡されてるといったところか。

「それと次に、今回の物資の配給だが……」

続いて、ラムが荷車の上を覆っていた布に手を掛ける。

そして、勿体《もったい》ぶるようにみんなの顔を見回すと。

「お前ら、マコに感謝しろよ！」

埃除《ほこりよ》けの布を、一気に剥《は》ぎ取った。

「「「「お、おおおお！」」」」

歓声が上がる。

現れたのは、荷車いっぱいに積まれた山盛りの物資だったからだ。

自給自足だけでは補い切れない分の食料も、街への出稼ぎの際に買ってくる形なのだろう。

今回手に入ったのは、きっと今までと比べてワンランク上の肉や野菜、加工食品。

加えて、諸々《もろもろ》の日常雑貨——薬品や調味料、新品の農具や家具なんかもある。

村のみんなが、その品々を見てびっくりしていた。

「すげえ！　肉だ、肉！　こんな新鮮で高級な肉よく手に入ったな！」

「酒も大量にあるぞ！」

「だから言ってるだろ、マコに感謝しろって！　マコの作った武器が、なんと金貨百五十枚で売《う》り捌《さば》けたんだ！」

「「「「金貨⁉　ひゃ、ひゃくごじゅう⁉」」」」

ラムやウーガの発言に、《ベオウルフ》達は慌てふためき私を見た。

「ほ、本当に良いのか？　だって、元はあんたが稼いだ金だろ？」

「いいのいいの、色々と助けてもらってるし」

私は三分咲きのスマイルで《ベオウルフ》達へと言う。

まぁ、本当に実際、助けてもらってるのは事実だし、助け合いは大切だからね。

昭和の仮●ライダーなんて、しょっちゅう後輩の戦いに参戦してたからね。

私の言葉に、《ベオウルフ》達の間から「神……」「尊い……」「嫁……」という声が聞こえてきた。

皆さん異世界の住人ですよね？

「ようし、今夜は宴会だ！」

一人の《ベオウルフ》が拳《こぶし》を振り上げ、そう叫ぶ。

「マコに感謝して、明日の朝までどんちゃん騒ぎで盛り上がろうぜ！」

「「「「ヒャッハー！」」」」

うんうん、変に気を遣わず、ここまで気持ち良く盛り上がってくれるのは、ご馳走《ちそう》する側としては嬉《うれ》しい反応だ。

でも皆さん、まだ真昼間だからね。

宴会は夜からですからね？

◇◇◇

その夜、アバトクス村で盛大な宴《うたげ》が催された。

村の広場には、みんなが持ち寄った巨大な鍋《なべ》やら鉄板やらが適当に並べられ、燃え盛る火の上で、肉や野菜、他にも食品を焼いたり煮たり。

多種多様な料理と酒を盛ってのどんちゃん騒ぎ。

このノリ……あれに似てる。

飲み屋街によくある、炉端焼きの立ち飲み居酒屋だ。

寒空の下、開け放たれた屋外スペースで火を熾《おこ》し、肉や海鮮をガンガン焼く酒飲みの楽園みたいなところ。

あれのノリだ。

「はぁぁ、楽しいぜ、こんなに楽しい気分は久しぶりだぁ」

「お？　マコ、どこ行くんだ？」

お酒をがぶがぶ飲んで上機嫌のウーガの横で、バゴズが、私が席を立った事に気付く。

「うん、私はそろそろお暇《いとま》するね、マウルとメアラも限界みたいだし」

私の両隣で、マウルとメアラがうとうとしている。

最早《もはや》すっかり砕けた口調で、私は《ベオウルフ》達に言うと、二人を連れて家に向かう。

この二人、今日は朝から結構酷《ひど》い目に遭っているのだ。

ちょっとリラックスさせてあげないと。

『じゃあ、我も』

肉を頬張《ほおば》っていたエンティアも、私の後に続く。

私達は、家へと戻った。

「ほーら、家に着いたよ。ちゃんと着替えて、ベッドで寝ようね」

「……うーん……ねぇ、マコ」

目元をこすりながら、マウルが言う。

「今日、隣で寝てもいい？」

「え？」

「メアラも、ね」

急なマウルのお願いに、私もメアラも目を丸める。

「お、俺はいいよ」

「お願い」

遠慮するメアラだったが、マウルの真剣な面持ちに押されて、渋々頷《うなず》く。

「でも、三人で寝るにはベッドはそこまで大きくないし……」

『ふふん、ならば我に任せよ』

そこでエンティアが床の上に蹲《うずくま》り、体を丸めた。

『我に身を預けるがよい。もふっもふのふっかふかだぞ』

「じゃあ、お言葉に甘えて」

私はエンティアの体に身を預ける。

「ふわぁ……」

もふっもふのふっかふかだった。

まるで布団乾燥機で温めた直後の羽毛布団のような。

柔らかく肌触りの良い白毛に加えて、体温のおかげで電気毛布みたいに温かくって気持ち良い。

『ふふふ、気に入ってくれたか、姉御《あねご》。何せ、我は神狼《しんろう》の末裔《まつえい》だからな、寝心地《ねごこち》は最高だぞ』

神狼の末裔が寝心地とどう関係するのかは知らないけど、私はエンティアの体に吸い込まれるように寝転がる。

これは人をダメにする神狼の末裔ですわ。

そして、私の両隣にマウルとメアラが乗っかり、小さな家の中、三人と一匹で寄り添うように目を閉じた。

「マコ……ごめんね」

不意に、マウルの声が聞こえた。

「マコのためにおいしそうなフルーツを買って喜ばせたかったのに、それどころじゃなくなっちゃった」

「仕方ないよ。また今度、楽しみにしておくから」

「……あの店で、いきなり盗賊に襲われて、ずっとメアラが隣で励ましてくれてたのに、僕、本当は凄く不安だったんだ」

「…………」

「自分も、父さんと母さんみたいに、街で見捨てられて死ぬんじゃないかって」

声の調子から、マウルがどれだけの不安を抱いていたのか伝わってくる。

「……でも、マコが来てくれた」

その不安が、一瞬で薄れて消えた。

「『マコならきっと助けてくれる』、そう思った瞬間、マコが来てくれたんだ……ありがとうね、マコ」

そう言って、私の胸元に顔を寄せてくるマウル。

その頭部から生えた一対のケモミミが、頬《ほお》をくすぐって気持ちが良い。

「…………」

同時に、左隣からメアラも同じように顔を寄せてきた。

いつも通り弱みを見せず、黙ってはいるが、メアラも不安だったのかもしれない。

私は静かに、二人の体に腕を回す。

マウルとメアラの耳が、もふもふして気持ち良い。

その日の夜は、ふかふかで温かいものに包まれて、最高の寝心地だった。

◇◇◇

とても忙しかった街での一日から数日が経《た》った、ある日の事。

「うがぁぁぁぁぁああああああ！　また失敗したぁぁぁぁぁ！」

私とマウルとメアラが朝の散歩がてら、村の中を歩き回っていると、どこからかそんな大声が聞こえてきた。

「どうしたの？　ウーガ」

声の発生源は、あの《ベオウルフ》三人衆の内の一人――ウーガの家、その裏手からだった。

向かってみると、そこには頭を抱えて空に向かって叫ぶウーガの姿があった。

「おう、マコ。それがよぉ……」

ウーガが視線を落とすと、そこには畑が広がっていた。

けど、その畑に植えられた植物の状態が酷い。

綺麗《きれい》に並べられ、植えられた苗がすべてシオシオに萎《しお》れてしまっている。

まるで、何日も水やりをしていなかったかのように。

「どうしちゃったの？　これ」

「いや、実は俺、色んな野菜を畑で作ろうと試してるんだがよぉ……」

ウーガは深く溜息《ためいき》を吐《つ》きながら言う。

「今回も失敗しちまったみたいなんだよなぁ。水だってちゃんとやってるし、肥料も撒《ま》いてるのに。

なのに、いっつもこうなっちまうんだよ」

今回も不作だぁ……と、ウーガは天を仰ぎながら呻《うめ》く。

うーん、水をやったり、肥料はちゃんと与えてるんだよね。

だったら、こんな惨状になるのも珍しいというか……。

「この村から出荷する商品なんてよぉ、山で獲《と》れた変な獣の毛皮や干し肉、あと適当に採れた変な山菜や変な木の実、変なきのこくらいだろ？　だから、こういう新鮮な野菜が作れたら、もっと収入になると思って色々やってんだがなぁ」

「いやいや、変な獣とか変な山菜って、売っちゃダメでしょそんなの……」

しかし、ウーガは本気で野菜を育てようと、真剣に植物の事を考えている様子だ。

「ああー、今回も失敗だぁ……せっかく、街でトマトの苗を仕入れてきたのに」

「トマトだったんだ、これ」

「でも、実も全然生《な》ってないな」

マウルとメアラがしゃがみ込み、萎れてしまったトマトの苗を見る。

「……マコ、どうにかならないかなぁ？」

「……ちょっと待ってね」

心配そうな声のマウルに言われ、私もしゃがみ、手で土に触れてみる。

ザラザラとした土。

耕されてはいるが、どこか乾燥しているように見える。

「もしかしたら、トマトとか野菜を育てるのには合わない土なのかもしれないね……」

この世界の土がどんな特色を持っているか、元居た世界での知識だけでは計る事は出来ないかもしれないが――私は自分の知識に照らし合わせて考える。

作物は、その地域や風土、土の特性に合ったものが作られるものだ。

単純に、植えた野菜がこの土壌に合わなかったという事も考えられる。

そう考えていた、その時だった。

「……え？」

頭の中に、随分久しぶりではあるが、あのステータスウィンドウが開いた。

【称号】：《グリーンマスター》に基づき、スキル《土壌調査》が目覚めました。

「あ……そういえば《グリーンマスター》なんて称号もあったんだっけ」

すっかり忘れていた。

しかし、《土壌調査》とは、このタイミングでお誂《あつら》え向《む》きのスキルが目覚めたものだ。

私は試しに、土に触れた状態で魔力を込めてみる。

「わっ！　マコ、どうしたの⁉」

体から光を発する私を見て、隣でマウルが驚きの声を上げている。

一方、私の頭の中には、先程のステータスウィンドウとはまた別のウィンドウが開いていた。

育成対象植物：トマト

種類：野菜
【土壌調査結果】◎＝優　○＝良　×＝劣
酸度：○
栄養：×

「ふむふむ……なるほどね、土の酸度自体はトマトを植えても問題は無さそうだけど、極端に栄養が少ないんだ」

私は、頭の中に浮かんだ調査結果を見て、そう呟《つぶや》く。

土壌の酸度は、育てる植物に合わせて事前に石灰等を用い調整されたりする。

この土壌自体は、別にトマトを育てるのに問題はないｐＨ《酸度》のようだ。

「だとしたら、なんでこんな極端に栄養が少ないんだろう……何か、原因とかってあるのかな？」

私の問い掛けに、マウルもメアラも、ウーガも黙り込む。

「わからねぇ……元々、人間共も寄り付かないような辺境の地って呼ばれてた場所だからな。ここに長く住んでる俺達でも知らない事はよくある」

「ふぅん……ちなみに、肥料って何を使ってるの？」

「市場で買って来たもんだ」

そう言って、ウーガはドスンと、畑の横に積まれていた麻の袋の一つを持ってきた。

私は袋を開け、その肥料を見る。

「……これ、どんな肥料？　鶏ふん？　牛ふん？」

「知らん。だが、売ってた奴《やつ》からは、これさえ撒いておけば大丈夫だと言われたぜ？」

そこでウーガは、ハッと何かに気付いたように目を丸めた。

「あ、もしかして俺、騙《だま》されたのか⁉　バッタもの掴《つか》まされたのか⁉」

「その可能性もあるかもね」

袋の中の肥料を地面の上に出し、指先で触れながら私は言う。

なんだか木の枝や小石が混じってるし、臭いも極端に弱い。

……こりゃ、正規の肥料って感じがしないなぁ。

「肥料って、なんやかんやで栄養だから、撒いてればこんなに酷《ひど》い状況にはならないと思うんだけど」

「くそ、騙されたぁ！」

うわぁぁぁぁ、と両腕を広げて天を仰ぐウーガ。

まるで神に見放されたようなポーズだ。

（……まぁでも、酷い目に遭ったのは事実だし……）

真面目《まじめ》に、村のために野菜を作ろうと考えていたウーガがかわいそうだ。

助けてあげたいものだけど……。

「せめてここに、前に居た世界にあるような化学肥料があればなぁ」

私は粗悪肥料に触れながら呟く。

まぁ、そんなの無理……。

「え？」

頭の中に、ステータスウィンドウが開いた。

【称号】：《グリーンマスター》に基づき、スキル《液肥》が目覚めました。

「……ここまで出番が無かったのを挽回《ばんかい》する勢いで活躍しだしたね、《グリーンマスター》」

私は微笑を浮かべ、立ち上がる。

「ウーガ！　私に任せて！」

そして、四《よ》つん這《ば》いの姿勢で落ち込み、マウルとメアラに慰められていたウーガに言う。

「私、君を助けてあげられるかもしれないから！」

私は魔力を込める。

体から光が迸《ほとばし》り、次の瞬間、私の手の中に三本、ガラスの試験官のような細い容器が生まれていた。

容器の中には、液体が入っている。

それぞれ、緑、ピンク、オレンジの三種類。

「これって、もしかして……〝アンプル〟？」

〝アンプル〟とは、主に植木鉢などに差して使う、容器に入った液状の活力剤だ。

基本的には肥料成分は無く、メインの肥料は別に与えないといけない、弱った植物の水分や栄養の吸収を良くする補助的な園芸用品である。

けど今回は、《液肥》というスキル名から察するに、この中に入っているのは液状の栄養素なのだろう。

私が生み出した三本の〝アンプル〟を見て、ウーガはフルフルと震えながら指をさす。

「お、おい、マコそれ……」

「それまさか、ポーションか？」

「ポーション？」

……ってなんだっけ？

なにか、どこかで聞いた事があるような名前だけど……。

「魔法使いが生み出すと言われている、魔法薬だ。どんな傷や病気も飲むだけで治せるっつぅ、とんでもねぇ代物だって聞いてるぜ！」

「へぇ……あ、いや、多分これは違──」

「ちょうどよかったぜ！　今朝《けさ》寝違えて腰が痛かったところなんだ！　ありがとよ、マコ！　あんたの心遣い、確かに助かったぜ！」

言うが早いか、ウーガは私の手からアンプルを受け取ると、早々にその内の一本を口につける。

話を聞かない性格らしい。

「いや、ウーガ、ちょっと待って！　それポーションとかじゃ──」

「まずぅッッッ！」

瞬間、ウーガは絶叫を上げて倒れた。

白目を剥《む》いて泡を吹いている。

あまりのまずさに昏倒《こんとう》したようだ。

そりゃ、肥料だもん。まずいよ。

「マウル、メアラ、他の大人を呼んできて。ウーガを家に運ばないと」

「いいけど……」

「マコ、それで何をするの？」

マウルに言われ、私は改めて手の中の二本と、ウーガから取り戻した一本のアンプルを見比べる。

「……ん？」

そこで、それぞれのガラス瓶の表面に、文字が書かれている事に気付く。

文字……それは、どこかアルファベットのようにも見える。

緑の液体にはＮ。

ピンクの液体にはＰ。

オレンジの液体にはＫ。

そう書かれているのを見て、私は気付いた。

「……なるほどね」

これは、それぞれの元素記号。

窒素《N》、リン酸《P》、カリウム《K》だ。

化学肥料は、主にこの三つの栄養素を組み合わせて作られている。

それぞれの栄養素が、植物の各部位の成長に働きかけるのである。

窒素は葉や茎の成長を促し、リン酸は花や果実の成長を促し、カリウムは根の成長を促す。

私は、ウーガが飲んだ事によって、少し容量の減ったピンクの容器のアンプルに、他の二つの液肥を注ぎ、調合してみる。

今回の植物はトマトで、果実を付けさせないといけない——優先させるのは、リン酸、ピンクの液肥だ。

ピンクの液体を主にし、そこに緑とオレンジの液体を適量混ぜ合わせ、一本の液肥を生み出す。

そして私はそのアンプルを、畑の中心に突き立てた。

「それで、大丈夫なの？」

「さぁ、まだわからないけど、これでちょっと様子見てみようか」

「おーい、なんだよ朝っぱらから」

「うお、ウーガ、お前何やってんだよ」

メアラが呼んできたラムとバゴズが、気絶したウーガの姿を見て驚く。

二人にウーガを家の中に運んでもらい、私とマウルとメアラで畑に水やりをした。

念のために支柱も立てておく。

さて、これでどうなるか……。

◇◇◇

「うわぁ……」

翌日。

ウーガの家の、裏の畑の前に集まる私達。

「すげぇ……」

「おいおいおいおい、この村で今まで暮らしてきて、こんな光景見たの初めてだぞ！」

ラムとバゴズが驚愕《きょうがく》している。

そこには、昨日《きのう》までの姿が嘘《うそ》のように元気に育ったトマト達の姿があった。

元気に茎を伸ばし、綺麗《きれい》に育ったトマトの苗。

そしてまだ青いが、トマトの実も大きく実っている。

「凄《すご》い、マコ！　たった一日で野菜が出来たよ！」

そう言って喜ぶマウルの横で、私はいまだに驚きを隠せずにいた。

いや、確かに魔法の力を使ったわけだから、不思議じゃないのかもしれないけど……。

あの《液肥》、まさかこれほどの力を持ってるなんて……。

「うーっす……なんだか、ずっと頭が痛《いて》ぇんだが……」

そこで、頭を押さえながら、のそのそとウーガがやってきた。

「おう、ウーガ！　びっくりすんなよ！　これ見てみろ――」

「な、なんじゃこりゃあああああああああああ！」

畑を覆う緑色の光景に、ウーガは仰天しそのままひっくり返って頭を打って気絶した。

……この子、良い子だけど、本当のバカなんじゃないだろうか……。

◇◇◇

名前：ホンダ・マコ
スキル：《錬金》《対話》《土壌調査》《液肥》
属性：なし
ＨＰ：５００／５００

MP：700／780
称号：《DIYマスター》《グリーンマスター》《ペットマスター》

「おぉ……」

久しぶりにステータス画面を開いてみたら、結構色々と変わっていた。

ここ数日、色んなものを召喚したり、《グリーンマスター》としての力も目覚めたりしたので、それらがステータスの成長に繋《つな》がっていたようだ。

「それにしても……」

新たに目覚めた《土壌調査》と《液肥》、これは結構凄い力かもしれない。

簡単に言ってしまえば、どんな土地でも、どんな作物でも育てられるような土壌に改良する事が出来るのだ。

無論、その間《液肥》は与え続けないといけないだろうけど。

「ううぉっしゃあああ！　元気に育てよ、俺とマコのカワイイ野菜達《こども》ぃぃぃぃぃ！」

「えーっと、誤解を招くような言い方は止《や》めてね」

ウーガはやる気バリバリで、二度にわたる気絶の後遺症もなんのその、今日も裏庭の畑で水やりと雑草の除去を行っている。

彼には何本か《液肥》を作って渡してある。

足りなくなったら、また作って渡してあげる予定だ。

「ねぇねぇ、マコ」

そこで、私はズボンの裾《すそ》を引っ張られて気付く。

マウルが、私を見上げていた。

「僕も、野菜作ってみたいな」

「え？」

「ぼ、僕達の家でも野菜が作れて収穫出来たら、お金が稼げるかもしれないし！」

「…………」

私は、楽しそうに農作業をしているウーガの姿を見詰めるマウルの姿を思い出す。

……もしかして。

「マウル、ウーガが野菜を育ててるの見て、自分もやってみたいって思ったんだ」

「あう……」

マウルは顔を赤くして俯《うつむ》く。

「いやいや！　全然恥ずかしがる事じゃないよ！　楽しい事に興味を持つっていう事は良い事だしね。それに、本当に野菜が出来たら、家計の助けにもなるし」

私が言うと、マウルは嬉《うれ》しそうに顔を輝かせる。

「やってもいい⁉」

「うん、苗はあるの？」

「さっき、ウーガに分けてもらったんだ！　ありがとう、マコ！」

マウルは元気に言って、私の足に抱き着いてきた。

なんだか、お母さんになった気分だ。

◇◇◇

家に帰ると、マウルは早速、家の裏の土を耕し始めた。

「鍬《くわ》をこういう風に使うのは、初めてかも」

「そういえば、畑が無いのになんで農具があるんだろうって思ってたけど」

土を一生懸命耕すマウルに、私は尋ねる。

「基本的には、野生の獣と戦うための武器とか、山の中で山菜とかの植物を収穫する時……後は、雑草を刈るくらいにしか使ってなかったから」

「へぇー」

そうこう言っている内に、庭に簡単な畑が出来た。

「さてと、それじゃ土の質から調べてみるね」

「うん！」

ウーガに分けてもらったのは、彼が今育てているのと同じトマトの苗のようだ。

ということは、土の質や育て方は一緒で大丈夫だろう。

私は、耕された土に触れ《土壌調査》を発動する。

出た結果は、やはりウーガの畑と同じものだった。

しかし……なんでここら辺の地域は、こんな変な土質なんだろう。

栄養が大地に留《とど》まらないなんて、なんだか呪《のろ》われてるみたいだ。

「うん、大丈夫、とりあえず植えてみようか」

私とマウルは、一緒にウーガからもらった苗を植える。

苗は全部で十株ほど。小規模な家庭菜園だ。

でも、マウルの初めての畑なのだから、これくらいでちょうどいいのかもしれない。

「よし、じゃあ《液肥》を差しておくね」

私は、手の中に《液肥》を生み出すと、調合しトマト用のアンプルを作成――それを、畑の中心に差す。

ふと気になってMPを見ると、先ほど700あった数値が550にまで減っていた。

《液肥》、結構魔力を消費するらしい。

『む？　なんだ、これは』

そこにエンティアがやって来て、植えられたトマトの苗を鼻先でつつく。

「あ、ダメだよ、エンティア！　触るなら優しく触って！」

マウルが、そんなエンティアに注意する。

やはり、かなり気に入っている様子だ。

「早く実が付くといいね、マウル」

「うん」

マウルは嬉しそうに、えへへと笑った。

◇◇◇

その夜。

私達は寝床——即《すなわ》ち、エンティアの上で三人揃《そろ》って寝息を立てていた。

あれから、もうすっかりエンティアの体が私達のベッドとなっている。

もふもふで温かく、沈み込むような柔軟な筋肉は高級ベッドのようだ。

私の勤めていたホームセンターで売っているような、安価のマットレスとはやはり断然寝心地《ねごこち》が違う。

流石《さすが》、神狼の末裔《まつえい》の名は伊達《だて》ではない。

毎日快眠である。

「……ん？」

ふと、私の横でマウルが体を起こしたのがわかった。

マウルはそのまま立ち上がると、そっと、音を立てないように家のドアを開けて、外に出ていく。

トイレだろうか？

「……もしくは、マウル菜園が気になっちゃったのかな？」

私は、にやにやと笑みを浮かべる。

気になって夜も眠れない程とは……マウルはやっぱり純粋でかわいいなぁ。

などと思っていた、その時だった。

「……っ！」

マウルが、慌てた様子で戻って来た。

物音は立てないようにしているが、明らかに焦っている様子がわかる。

「……どうしたの？　マウル」

その様子が気になり、思わず私も起き上がる。

「マコ……大変……」

私が近付くと、マウルは私の腕にしがみ付いてくる。

どこか、焦っているような、怖がっているような感じだ。

「マウル……何かあったの？」

「誰か居るんだ」

私が冷静に聞くと、マウルは囁《ささや》く。

「僕の畑の前に、誰かが立ってる……」

◇◇◇

マウルと共に家の裏手にゆっくり回ると、昼間作ったばかりの畑の前に、確かに人影があった。

けれど、その人影はかなり小さい。

マウルと同じくらいの背恰好《せかっこう》だ。

その人影は畑の前に立ち、植物の方向に手を翳《かざ》すように立っており、その体から燐光《りんこう》のような光を発している。

よく見れば、その光は畑に植えたトマトの苗から発生したものであり、まるで小柄な人影の人物が、その光を吸収しているかのようだった。

「マコ……苗が……」

マウルの悲しげな声が聞こえる。

光が溢《あふ》れる程に、徐々に苗が萎《しお》れていっているのがわかる。

あの光は、もしかしたら、あの苗の生命力のようなものなのだろうか？

まさか……栄養を盗んでる？

「ごめんなさい……」

その時、その人影が漏らす声が聞こえた。

子供の声だった。

まるで年端もいかない、女の子の声。

「ごめんなさい、ちょっとだけだから、ごめんなさい……」

その時、私達の足元でパキッと小枝が折れる音がした。

マウルが踏んでしまったようだ。

音に気付いたのか、その小さな人影はビクッと大きく体を揺らすと、こちらを振り返った。

「あ……」

植物から溢れていた光が止《や》み、月光が地上を照らす。

その人影の姿が、露《あらわ》となった。

少女だった。

マウルやメアラと、同い年くらいの女の子。

ただし、その姿は変わった風体をしている。

衣服は着ておらず、植物の蔦《つた》で体の要所を覆って隠しており、頭部には花が咲いている。

花の形をした髪留めとかではなく、本当に花に見える。

そう——まるで、〝花の妖精《ようせい》〟だ。

「あ……あ……」

その少女は、私達の姿を見て驚いたように目を見開く。

そして、次の瞬間。

「ごめんなさい……ごめんなさい！」

慌てた様子で、その場から逃げ出した。

「あ！　ま、待って！」

「マウル、とりあえず追うよ」

その少女が走っていった先は、山間、森の方向だ。

こんな夜中に、明かりのない森に飛び込むなんて危険だ。

私とマウルは、慌ててその後を追い掛けた。

◇◇◇

「……いないね」

私とマウルは村の敷地を出て、森の入り口付近までやって来た。

そこから、月の明かりが届く範囲で森の中を探索するが、あの少女の姿は見当たらない。

「仕方がないね、あまり深追いをするわけにはいかないし、ここら辺が引き上げ時かな……」

これ以上、暗闇《くらやみ》に包まれた森の中に入るのは危険だ。

残念ではあるが、ここで捜索は中断するしかない。

そう考えていた、その時だった。

「きゃあああ！」

悲鳴が聞こえた。

しかも、比較的近い。

私とマウルは、その声がした方向に向かって走る。

向かった先、木々に覆われた明かりの無い森の中——微《かす》かに差し込む月の明かりに照らされ、あの少女らしき人影を発見した。

何かに怯《おび》えるように、地面にへたり込んでいる。

そして彼女の向かい側、そこに、巨大な影が見える。

「猪《いのしし》だ！」

マウルの言う通り、それは野生の猪だった。

大人の《ベオウルフ》ほどある巨体に、長く鋭い牙《きば》。

涎《よだれ》を垂らし、爛々《らんらん》と光る眼光を少女の方に向けている。

見るからに、凶暴さが窺《うかが》える。

まずい！

「マウル！　ここにいて！」

私が駆け出したのと、猪が動けない少女に向かって突進を開始したのは、同時だった。

「あの子を助ける！」

少女に向かってまっすぐ突っ込んでいく凶暴なイノシシ。

その速度はかなりのものだ。猪突《ちょとつ》猛進とはよく言ったものである。

だが、私だって四六時中、イノシシの如《ごと》く広大な売り場面積のホームセンターの中を走り回っていた、立派なホームセンター店員だ。

自慢じゃないが、脚力には自信がある。

イノシシの激突よりも早く、私は少女の前に立《た》ち塞《ふさ》がることに成功した。

「動かないでね！」

叫ぶと同時に、私は《錬金》を発動する。

夜闇に染まった森の中、私の体から発した魔力の発光は一瞬だけ。

疾駆の途中のイノシシには、私が魔法で何かを生み出したなどと、判断出来るわけがない。

ただ迫りくるイノシシに向かって両腕を突き出し、無防備に立っているようにしか見えないはずだ。

私は考える——否、今まで考えていた。

自分の作る魔道具というものの特性について。

あの〝刀〟や〝単管パイプ〟から察するに、私が作り出した魔道具は、魔力を纏《まと》わせることによって軽くなり——つまり、使用者にとって扱いやすい重量となる。

更に、その魔力が斬撃や打撃となって放たれる、という攻撃方法が可能のようだ。

なら、防御はどうか？

イノシシが、私の目と鼻の先にまで突っ込んできた。

「きゃあっ！」

背後で、少女が悲鳴を上げる。

——甲高い金属音が鳴り響いたのは、その直後だった。

「……………〜〜〜〜〜」

私の目前で、まるで目に見えない〝何か〟にぶつかったかのようにして、イノシシがドスンと倒れた。

「え、え？」

「マコ！」

困惑する少女と、慌てて駆け寄ってくるマウル。

「大丈夫⁉　マコ」

「うん、何も問題はないよ」

マウルはそこで、私の伸ばした両手の先が掴《つか》んでいるものに気付く。

「マコ、これ……」

それは、巨大な金属の網だ。

約一メートル×二メートルほどのサイズの、格子状になった亜鉛素材の金網である。

これは、〝防獣フェンス〟。

使用用途は名前の通り、農場などに猿とかイノシシとかの獣が入ってこないように立てておく柵《さく》である。

「なるほどね、〝防獣フェンス〟に魔力を込めれば、こんな立派な防壁になるんだ」

目を回して倒れているイノシシを見て、私は内心で胸《むね》を撫《な》で下《お》ろす。

……実は、ぶっつけ本番でちょっと緊張してたんだよね。

「さてと」

私はそこで、改めて少女を振り返る。

変わった風体の、〝花の妖精〟といった感じの少女は、怯え切った目で私を見上げてくる。

私は、店内で親とはぐれて迷子《まいご》になってしまった時の子供に接するように、膝《ひざ》を折って目線を合わせ、表情を柔らかくする。

「もう大丈夫だよ。怪我《けが》は無い？」

私の問い掛けに、少女はハッとした表情でコクコクと頷《うなず》く。

そして直後。

「ご……ごめんなさい！」

そう叫んで、ぽろぽろと涙を流しだした。

◇◇◇

「わたしはフレッサ。《アルラウネ》のフレッサです」

「《アルラウネ》？」

「はい」

私達は今、件《くだん》の少女──フレッサと一緒に森の中を進んでいる。

フレッサは、まるで道がわかっているかのように、暗闇《くらやみ》の中を迷い無く進んでいく。

「わたし達は、《アルラウネ》という種族で、ここからずっと離れた場所にある、《アルラウネ》の国で暮らしていたんです……」

《アルラウネ》。

確か、ＲＰＧゲームのモンスターでよく見かける名称だとは思う。

植物と人の混じったような種族ということだろうか。

「でもある日、人間の方達がわたし達の国にやってきて、わたし達を追い出したのです……」

「侵略されたってこと？」

「はい。住んでいた《アルラウネ》は、みんなバラバラに逃げて……わたしとお姉ちゃんは、ここまで逃げてきましたです」

しょぼんとした様子で、その経緯を語るフレッサ。

「あ、着きましたです。この奥に、お姉ちゃんがいます」

森の奥、そこに現れた洞窟《どうくつ》。

私達は洞窟の中に入り、フレッサの後に従う。

「お姉ちゃんは、逃げてくる間に体調を壊しちゃって、今は動く事も出来ないです」

「食事とかは、どうしてたの？」

「わたし達《アルラウネ》は、草花同様大地から栄養をもらって生きています。また、草花に力を与えたり、逆に力をもらったりする事が出来るのですが、このあたりの土地には、まったく栄養がなかったので……」

「なるほど。だから、さっき菜園の植物から栄養をもらってたんだ」

「はい……ごめんなさい。本当は悪いことだってわかってたのです。でも、このままじゃお姉ちゃんが……」

どうやら、彼女はお姉ちゃんを助けるために、栄養を集めていたようだ。

「大丈夫、気にしないで。事情があるなら仕方ないよ」

マウルは、そんなフレッサに優しく言い聞かせる。

相変わらず良い子だなぁ、マウルは。

私達はフレッサに案内されるまま、洞窟の中を進んでいく。

やがて、天井の一部が崩れて、そこからちょうどよく月光が差し込んでいる、少し開けた空間に出た。

「お姉ちゃん！」

その月光に照らされ、一人の女性が横たわっていた。

「うわ……」

そう、私は思わず息を呑《の》んでしまった。

絶世の美女だ。

成人した、均整の取れた体――その体の要所要所は、フレッサと同じように頭部に咲いた花から伸びる蔦のみで隠されており、かなり際どい印象を受ける。

同性の私でも、思わずドキリとするくらい美しい。

「ん……フレッサ」

彼女はフレッサの声が聞こえたからか、弱々しい声を発しながら、瞑《つぶ》っていた両目を開ける。

「……そちらの、方々は？」

「あ、あのね、その……」

「事情は聞かせてもらいました」

私は彼女の横に膝を折り、座る。

「人間の侵略を受けて、住んでいた場所を追われ、命からがらこの地までやって来た……大変でしたね」

「……ああ、これは、申し訳ございません、このような恰好《かっこう》で」

フレッサの姉は、ゆっくり体を起こそうとする。

しかし、その動きはやはり危うい感じがして、私は無理をさせないよう背中に触れながら介助した。

「わたくしは、《アルラウネ》の国……アルフランド国の、第四代女王……オルキデアと申します」

「じょ、女王？」

それは聞いてなかった。

フレッサちゃん、とんでもない立場の人じゃないですか。

「もしかして、散歩に出ていたフレッサが迷子になっていたところを、助けていただいたのでしょうか？　うふふ、申し訳ございません、そそっかしくて……」

オルキデアさんは弱々しい声音ではあるが、そう気丈に振舞っている。

流石《さすが》は女王といったところか。

……それとも、もしかしたら天然なのかもしれない。

「お姉ちゃん、ごめんなさいです！」

そこで、フレッサちゃんが叫んだ。

「わたし、マコ様とマウル様が大事に育てていた野菜から、勝手に力をもらおうとしちゃったんです！」

「まぁ、なんということを……」

フレッサちゃんのその言葉に、オルキデアさんはショックを受けたような表情をする。

「大変申し訳ございません、さぞお怒りでしょう、わたくしに償える事がありましたら如何様《いかよう》にも……」

「いえいえ、大丈夫ですってば。さっきも言いましたが、事情は聞きましたたし。それに、フレッサちゃんはオルキデアさんのために栄養を持っていこうとしてたんです、叱《しか》らないであげてください」

私が諭すと、オルキデアさんはフレッサちゃんを一瞥《いちべつ》し、また悲しげな表情となる。

「どうして、このようなことに……わたくし達はただ、平和に暮らしていただけなのに……」

……それに関しては、私にどうこう言える道理はない。

人間のすることを一々間違っていると断罪する程、偉そうな態度を取れるわけでもない。

でも、今の自分に出来る、助けられることがあるなら、する。

（……『俺には夢がない、でも、夢を守ることは出来る』……っていうのとは、ちょっと違うけど……）

けど、仮●ライダー555《ファイズ》、イヌイ・タクミの不器用ながら頼り甲斐《がい》のある姿を思い出し、私は手の中にアンプルを生成した。

「それは……」

「私には、植物を元気にする事が出来る力があるんです、オルキデアさん」

萎《しお》れている頭部の花の様子を見るに、リン酸を中心に調合した方が良さそうだ。

私は《液肥》を調合し、それをオルキデアさんの口元につける。

「きっとこれで、大丈夫のはずです」

「ああ、ありがとうございます、マコ様、このご恩は…………にがぁあい！」

《液肥》を飲んだオルキデアさんは、似合わない程の大声で叫んで飛び上がった。涙目になっている。

あ、やっぱりまずいんだ、これ。

◇◇◇

――翌朝。

アバトクスの村の中央広場は、集まった《ベオウルフ》達のざわめきに支配されていた。

「えーっと……こちらの方が」

「皆様、はじめまして！　わたくし、アルフランド国第四代女王、オルキデアと申します！」

「妹のフレッサです！」

集まった《ベオウルフ》達の前には、すっかり元気になったオルキデアさんとフレッサちゃんの姿があった。

頭部の花も満開で、全身からは生命力溢《あふ》れる光を迸《ほとばし》らせている。

「わたくし達、暮らしていた土地を追われ、この地まで逃げ延びてきた身。そんな放浪の最中、息絶える寸前だったところを昨夜、マコ様に救っていただきました！」

《ベオウルフ》のみんなの視線がこちらに向く。

私は、「いやぁ……」と頭を掻《か》いて適当にごまかす。

「命を救っていただいた御恩を返すため、こちらの村で一緒に住まわせていただきます！　なんなりとご用命くださいませ！」

「ご用命くださいませ、っつったって……」

「なぁ、マコ。本当なのか？　その、《アルラウネ》の女王様って」

「みたいだよ」

ラムとバゴズに話し掛けられ、私はそう返す。

昨夜、すっかり復調したオルキデアさんとフレッサちゃんに、やる気満々で「ご恩を返させてください！」「くださいです！」と迫られたのだ。

まぁ、本人達がそうしたいというのなら、止めはしないけど。

「しかし、恩返しって……あんたら何が出来るんだ？」

「力仕事なんて、その細腕じゃ無理だろ」

《ベオウルフ》達に言われ、オルキデアさんは少し黙考する。

「そうですね……では、お花を育てさせていただくというのはどうでしょう？」

言うが早いか、オルキデアさんは傍らに咲いている小さな花の下にしゃがみ込み、手を翳《かざ》す。

すると、手先から溢れた光が花に吸い込まれ、その小さな花は大輪を咲かせた。

なるほど、植物から生命力をもらったり、逆に生命力を与えたりすることが出来るんだ。

「綺麗《きれい》なお花が咲き乱れれば、きっと皆様の心の癒《いや》しになるかと」

「お、おう」

「そうだな、まぁ、確かに」

「出来が良ければ、街で売れるかもしれないしな」

「それに、村の中に美人の女の子が〝三人〟もいるってのは、確かに癒しの効果があるかもな」

そう言って、数名の《ベオウルフ》達はオルキデアさんをトロンとした目で見詰めている。

現金なオス達め。

まぁ、確かに、オルキデアさんが美人なのは事実だし仕方がない。

「マコ様、この村の方々は、皆良い方ばかりですね！」

そう考えていると、オルキデアさんに話し掛けられた。

彼女は私の手を取り、にこやかな笑みを湛《たた》えて言う。

「わたくし達の暮らしていた国を思い出します。ちょうど、同じくらいの人口、同じくらいの規模の国でした」

へぇ、国って言っても、そんなに大きなものじゃなかったんだ。

まぁ、種族によって色んな価値観はあるものだし。

「わたくし、マコ様と出会えた事を、神様に感謝しなくてはなりません。本当に幸福です」

どこか熱っぽい目で見詰めてくる彼女に、私は心臓が高鳴る。

無意識の色仕掛けはやめて欲しいなぁ。

「マコ様、私、マコ様にご恩を返すためならば、なんでも致します。遠慮なく仰ってくださいね」

「あ、はい……」

じゃあまず、人間と同じように服を着て欲しいかな。

目のやり場に困るので。

◇◇◇

オルキデアさんがやって来たことによって、確かに村の雰囲気が明るくなった。

「うふふ、皆様、本日もお仕事お疲れ様です」

オルキデアさんは日中、基本的には村の中を歩き回ってはちょっとした雑用なんかを手伝ったりしている（ちなみに、今は村の倉庫に保管されていた服を着てもらっている）。

その一方で、村の道端等、至る所に花を咲かせ育てている。

今まで、土地の問題もあって、花なんてまともに咲いていなかった村の各所が、様々な色彩で彩られている。

ちなみに彼女達《アルラウネ》は、基本的には植物と同じような食事を行う種族で……要は、光合成や私が与える栄養なんかで十分生活が出来るようだ（でも、味はやっぱり苦いらしい）。

基本、男の《ベオウルフ》ばかりで雑然としていた村の中に、華やかな雰囲気が生まれ始めている。

うんうん、良い感じだ。

これは一種、昨今のホームセンターの傾向にも近いかもしれない。

かつて、ホームセンターといえば事業者向けの大型商品をメインにしていたため、広大な店の内装は味気ない感じが多かった。

けれど今は一般ユーザーにも受けがいいように、お洒落《しゃれ》なレイアウトにしている店が多い。

店内にカフェがあったり、工作教室があったりして、女性や子供も楽しめるような店作りがされているのだ。

「美しいなぁ、オルキデアさんは……」

それこそ花の妖精《ようせい》よろしく、華麗な所作で花に水を与えているオルキデアさんを見ながら、数人の《ベオウルフ》達が話している。

「いやぁ、やっぱり村に女がいると、目の保養になるなぁ」

「俺達の村には、最近まで女がいなかったからな」

「マコといいオルキデアさんといい、美人がいると日々の励みになるぜ」

……………うーん、オルキデアさんが美人なのは認めるけど、私がそう言われるのはちょっと違和感があるんだよなぁ。

まぁ、今まで仕事ばっかりであんまり恋愛とかする暇がなかったから、そういうのに疎《うと》いだけなのかもしれないけど。

そんな事を思いながら家に帰ると、家の裏の畑にマウルとフレッサちゃんがいた。

「こうやって……わたしの中の力を、お花にも与えることが出来るのです」

マウルが、自分の菜園に花を植えたようだ。

それを、フレッサちゃんの力を借りて育てているらしい。

「凄《すご》いね！　僕、この村でこんなにキレイな花が咲いてるの見るのはじめてだよ！」

「えへへ、この畑の野菜さん達は、マウル様が育てているのですか？」

「うん、マコに手伝ってもらってだけど、もうすぐ収穫出来るよ」

「こんなにいっぱいの野菜を育てられるなんて、マウル様も凄いのです！」

「えへへ」

………………。

はぁ……癒される。

二人がにこやかに話す姿を遠目に見ながら、私は自然とにやけてしまった。

◇◇◇

「マコ」

昼下がりのことだった。

家の中でエンティアの毛繕いをしていると、外から戻って来たメアラがそう言って私を呼んだ。

「広場に、マコを訪ねてお客さんが来てるって」

「え？　私？」

この世界で、この村の住人以外に私を訪ねてくるような知り合いはいないはずだ。

……もしかして。

私の脳裏に、イクサの顔が浮かぶ。

（……ここに住んでるって、バレたのかな？）

また魔法の事や素性の事について、根掘り葉掘り聞かれてしまったらどうしよう……。

そう考えながら、恐る恐る広場に行くと、どうやら私を訪ねてきたのはイクサではなかったようだ。

大きな、高級そうな黒塗りの馬車が停《と》まっている。

その前に立つのは、これまた高級な身なりをした老年の男性だった。

整えられた髪形や服装、正に紳士……もしくは、貴族といった感じの雰囲気である。

「あ、おーい、マコ！　この人が――」

と、私がやって来た事に気付いた《ベオウルフ》の一人が声を上げる。

すると、私がそれに反応するよりも早く、老年の男性がこちらに向かって走って来た。

「貴方《あなた》がマコ殿ですかっ⁉」

え！　なに⁉

なんか若干、ちょっと泣いてるっぽい⁉

「お初にお目に掛かる！　私はウィーブルー家の現当主を務める者！　先日、市場都市《しじょうとし》にて盗賊による立て籠《こも》り事件があった青果店、その店を経営する家の長を務める者です！」

そう言われて、私は思い出した。

そうだ、マウルとメアラが人質になった、あの立て籠り事件があった店。

あの店の経営者……商家の当主の方のようだ。

「ああ、その件は大変でしたね……しかし、何故《なぜ》そのような方が私を訪ねて？　あ、もしかして、お店を壊しちゃった弁償の請求とか……」

「弁償⁉　とんでもありません！」

当主さんは滂沱《ぼうだ》と涙を流しながら、私の手を握ってくる。

「確かに店の修繕もしなくてはいけませんが、それは直せばいいだけの話です！　それよりも……感動しましたぞ！　騎士団の方々から聞かせていただきました！　一人の犠牲者も出すことなく、見事盗賊団を制圧したその手腕！　素晴らしい！　人質となった我が店の従業員達も大変感謝しておりました！　経営者として代わってお礼申し上げます！」

握った私の手をぶんぶんと振るう当主さん。

腕が抜けそうです。

「いやぁ、私も若いころはやんちゃと言うか、冒険者を志した時期もありまして、貴殿のような武勇あるお方を尊敬してやまないのです！　きっと名のある御仁であると思っていたのですが、どの方も貴方の素性を知らないとおっしゃる！　情報をもとに探し当てるのに苦労しましたぞ！」

「あ、はい、そうですか……」

どうやら、単純に私に会いたいという理由でここまで来たらしい。

困った……もしここに住んでることがバレたら、もしかしたらあの騎士団の人達とかも来たりしないよね？

イクサ達も。

あまり、事を大きくしては欲しくないんだけど……。

「あの、当主さん、出来れば私がここにいる事は秘密に……」

「秘密、ですか？　ふむ、よくはわかりませんが何かしら事情があるのでしょう。かしこまりました。このことは決して公言はしませぬ。しかし――」

そこで、当主さんは咳払《せきばら》いをする。

「今回の件について、一つお礼を返させていただきたいと思っているのです」

「お礼、ですか？」

「私の店の従業員を救ってくださった事に対して、経営者としてお礼を返さねば筋が通りませんゆえ」

とても仁義に厚い人だなぁ、と思う。

従業員も大切にしている、正しく経営者の鑑《かがみ》だ。

でも。

「うーん、お礼ですか……」

どうしよう、特に何が欲しいっていうわけでもないんだけど。

と考えていた、ちょうどその時だった。

「おーい、マコ！　見てくれよ！　遂《つい》に我が家のトマトがこんなに収穫……ん？　どうした？」

ウーガが、籠《かご》一杯のトマトを持ってやってきた。

そうだ――と、私はそのウーガの育てたトマトを見て思う。

「あの、では一つご相談なのですが、私達の村で採れたこの野菜をウィーブルーさんの営むお店に並べてもらう事は出来ないでしょうか？」

「なんと、こちらの野菜を、ですか？」

市場に持って行って売るという事も出来るが、あのきちんとした店構えの店舗で売る事が出来れば、当然集客力も変わってくるはず。

しかし、ウィーブルーさんは顎《あご》に手を当てると、「ふむ……」と唸《うな》るようにして眉間《みけん》に皺《しわ》を寄せる。

流石《さすが》に、この提案はいきなりすぎたかな？

「……マコ殿、こう言っては失礼かもしれませぬが、私は商売に関しては妥協を許さない人間です」

眼《め》を鋭くし、彼は私を見る。

「ここは人間の居住区から外れた獣人の土地。獣人の土地は、昔から作物を育てるのに向いておりません。そのような土地で運良く出来た野菜では、残念ながら賞味に耐えられるかどうか」

「なんだと！」

「まぁまぁ、ウーガ、落ち着いて」

声を荒らげるウーガを押さえ、私は籠の中からトマトを一つ取り出す。

「よかったら、お一つ食べていただけますか？　きっと、悪い味ではないと思いますので」

なんだかんだ言っても、元居た世界で言うところの科学的に調合された肥料で作られた野菜だ。

おかしな事にはなっていないと思われる。

「そうですか……では、試しに一つ」

当主は私からトマトを受け取ると、それを口元に運ぶ。

でも、よくよく考えたら、相手は青果店……しかも高級と名の付く作物を販売する店を営む商人だ。

舌も肥えてるはずだし、素人《しろうと》の作った野菜なんて低評価に決まってるかな。

「たとえ、尊敬し恩義のあるマコ様の口添えでも、決して評価を甘口には——」

当主はトマトを一口齧《かじ》った。

「うまぁぁッ！」

めっちゃ叫び声を上げて絶賛された。

思わずこっちがビックリしてしまった。

「こ、このみずみずしさ！　まるで果実のような爽《さわ》やかな酸味の奥にある甘さ！　こ、こんなトマト食べた事がない！」

流石、高級青果店を営むだけあって食レポが上手《うま》い。

当主は一瞬にしてトマトを平らげると、すぐさま私にキラキラと光る眼を向けてきた。

「是非、我が店で取り扱わせていただきたい！」

結論早い！

即落ち二コマ漫画でも見てるのかと思った……。

「あ、ありがとうございます、ちなみにいくつ程……」

「全部！　全部くだされ！」

その後、当主はウーガの作ったトマトを全《すべ》て買い取ると、馬車に乗って帰って行った。

ちなみに、トマトは十個につき銀貨一枚——採れたトマトは全部で四十個あったので、銀貨四枚での取引となった。

トマトの価格としては破格らしい。

「ごめんね、ウーガ。いきなりとは言え、せっかく作ってもらったトマトを全部売っちゃって」

「いや、まだまだ出来るし問題ねぇよ。それに、こんな高値で売れるなら文句なんざ全くねぇぜ」

そう言ってウーガは笑った。


しかしこれは、これから巻き起こる、私がこの世界に来てから初めて直面する程の大事件の、ほんの序章でしかなかったのだった……。

◇◇◇

「マコ！　こっちだよ！」

「マウル、走ると危ないぞ」

「メアラ、心配しすぎだってば」

先を走るマウルの後に続き、私とメアラは歩く。

『うーむ、気持ちの良い風だ。走り回りたい気分だぞ、姉御《あねご》』

後ろにはエンティアが続く。

ここは——少し前、私が倒れていた草原。

そう、すべてが始まった場所だ。

本日、私達はこの草原にピクニックに来ていた。

天気が良く、絶好のピクニック日和《びより》だったため、たまにはこういうのも良いかなと思い、私が提案したのだ。

エンティアの散歩も兼ねて。

「ん～～～……でも、本当に良い風だね」

背丈の高い草が、山脈から流れてくる清風に吹かれて揺れている。

ざわざわと草木が擦《こす》れあう音に交じり、飛行する鳥の鳴き声や羽音も聞こえる。

見上げれば吸い込まれそうになるほどのスカイブルーと、燦々《さんさん》と輝く太陽、流れる雲。

元の世界では絶対にお目に掛かれないような光景だ。

……いや、こういうアウトドアな場所には行こうと思えば行けたのかもしれないけど、私、そんな感じでのんびり休日を過ごしたことが無かったからなぁ。

休みの日でも、お店からバンバン問い合わせの電話が掛かってきたし。

「あ、ここ、ここ、ちょうどここら辺だよ」

ある地点に達したところで、マウルが何かに気付いたように立ち止まった。

「ここら辺って？」

「僕達が、マコと初めて出会った場所」

そっか、私、ここに寝転がってたんだ。

うーん、考えてみたら、私かなり不思議な現象に巻き込まれてるんだよなぁ。

家に帰ったと思ったらそのまま寝込んじゃって、気付いたらこの世界にいて。

時々、これがえらく長い夢なんじゃないかと思う時もある。

エンティアのモフモフの体の上で寝て、次に目覚めたら自宅の玄関なんじゃないかと。

しかし、今日までこの夢から覚める気配も無い。

よくわからないが……まぁ、しかし、他に手掛かりが無いのだ。

本当に異世界転生したのだと覚悟するしかないのかもしれない。

……まぁ、別に、全然嫌な気はしないけどね。

現在放送中の仮●ライダーを見られないのが残念なくらいで。

「さてと、じゃあさっそく、お弁当にしようか」

「やったぁ！」

エンティアが背負ってきてくれた荷物の中から、布のシートを取り出し地面に敷く。

その上に三人と一匹で座ると、続いて私は、木製のそこそこ大きな箱を中央に置いた。

これは先日、私がＤＩＹで作った木製のバスケットだ。

「ふふふ、じゃあ二人とも、私の手料理に恐れ戦《おのの》くがいいわ」

「どうして恐れ戦かなくちゃいけないんだよ」

「早く早く！　マコのお弁当、楽しみなんだ！」

冷静に突っ込むメアラと、楽しそうに体を揺らすマウルを前に、私はバスケットを開ける。

「うわぁ！　凄《すご》い！」

「そこまで驚かれると恐縮しちゃうね。ただのサンドイッチだし」

私は苦笑する。

中には、この前街で仕入れて来た食材を使って作った、サンドイッチが並んでいる。

ハムとレタスを使った簡単なものや、マウルが菜園で作ったトマトと厚切りのチーズを挟んだもの。

それに、スクランブルエッグを作って、それも挟んであるものもある。

色彩も鮮やかになるよう意識した。

マウルとメアラは、早速サンドイッチを一切れずつ手に持ち、あむあむと頬張《ほおば》る。

「どうかな、味は？」

「おいしい！」

「うん、うまい」

マウルとメアラが絶賛してくれた。

私はホッと胸を撫《な》で下《お》ろす。

後ろでは、エンティアが骨付き肉をガブガブと食べている。

とても穏やかで、和やかな時間が流れていた。

◇◇◇

「おや？」

ピクニックから帰り、アバトクス村に戻ると、広場に村の住人達がたむろしているのが見えた。

加えてその奥に、見覚えのある黒塗りの馬車が停まっている。

……昨日《きのう》見たばかりな気がする。

ということは。

「おお！　マコ殿！」

私の姿を発見するや否や、ウィーブルー家当主が矢のような速度で走ってくる。

やっぱりだ。

っていうか、この人のテンション毎回凄いね。

松●修造を彷彿《ほうふつ》とさせるよ。

「マコ殿！　大変ですぞ！　昨日いただいたウーガ殿の作られたトマト、街の店舗で試食会を行いながら販売したところ、大人気！　すぐに完売してしまいました！」

「え！　凄いじゃん、ウーガ！」

駆け寄ってきた当主の後ろ、そこに立つウーガが鼻を天に向けて誇らしげに笑っている。

「是非とも、引き続きこれからも販売の契約をさせていただきたい！」

「いや、うーん……それを決めるのは私じゃ――」

「俺は構わないぜ？　マコ」

ウーガはあっけらかんと答える。

しかしそこで一転して、悩ましげな表情となった。

「だけど、昨日の収穫分が一日経《た》たずに売り切れちまったんだろ？　多分、俺の収穫量だけじゃ全然間に合わないと思うんだよなぁ」

どうするか――と考えるウーガだが、そこで気付いたのだろう。

集結した他の《ベオウルフ》達を振り返り、こう叫んだ。

「そうだ！　これからは村全体で、もっと畑を作って野菜を育てようぜ！　そうすりゃ、もっと野菜を出荷出来るぞ！」

「「「「おお！」」」」

他のみんなも乗り気のようだ。

「マコ、どうだ？　俺達全員分の畑の肥料を用意するのは、無理そうか？」

「え？　まぁ、私は別に大丈夫だけど」

「よっしゃあ！　よかったな、当主さん！　これから更に儲《もう》かるぜ！」

ウーガはノリノリで、当主の肩を叩《たた》く。

今更だけど、ウィーブルー家当主さんは、彼等《ベオウルフ》の嫌いな人間だ。

その人間相手に、ウーガがにこやかな表情で接している。

「おお！　承諾して下さいますか！　ありがとうございます！」

そして、当主もそんな獣人である彼等に、今や分け隔てなく接している。

互いを尊重している。

……私がこの村に来た当初、少しは人間に対する偏見を直してくれたらいいなぁ、と思って色々とさせてもらっていたけど。

ここにきて、その想《おも》いが実を結び始めたのかもしれない。

「これは、ささやかながら今回の件のお礼です！　是非とも皆さんで食してください！」

そう言って、当主が馬車の後ろに繋《つな》がれた荷台の幌《ほろ》を外すと、そこには溢《あふ》れる程の野菜や果物、肉など、街で仕入れられた高級食材が積まれていた。

「うぉぉぉぉ！　流石《さすが》だぜ、当主！」

「すげえ！　今夜も宴会だぁ！」

「ヒャッハ―――――！」

盛り上がる一同。

「あらぁ、皆さんとても楽しそうですわねぇ」

いつの間にか横に立っていたオルキデアさんが、盛り上がる《ベオウルフ》達を見て、頬《ほお》に手を当てながら微笑《ほほえ》む。

「なんだか、マコが来てから村の雰囲気がどんどん明るくなってきてる気がする」

そう、マウルが嬉《うれ》しそうに呟《つぶや》く。

「…………」

人に感謝され、人を笑顔にする……か。

接客業の第一だと思うけど、そんな感覚、忙しさの中で忘れてたな。

はしゃぎ回るみんなの姿を見て、私は何か、心の奥がくすぐったくなったのを感じた。

……決して、嫌な感覚じゃなかった。

◇◇◇

その翌日から、村のあちこちでみんなが畑を作り始める事となった。

「おい！　土ってこんくらい耕しゃあいいのか⁉」

「ガチガチだし石が混じってるじゃねぇか！　それじゃダメだ、多分！」

「苗はこれくらい埋めればいいのか？」

「『埋める』じゃなくて『植える』な！　おい、葉っぱまで土が被《かぶ》ってるぞ！　それじゃ本当に生き埋めと変わんねぇだろ！」

何分、みんなが不慣れなので、唯一経験者であるウーガの助言を受けながら、手探り状態で畝作りを進めている。

そのウーガでさえも元は独学なので、上手《うま》く助言出来ていないが……。

まぁ、でも、何とかなるでしょう。

「でも、凄いね、この村で作った野菜があんなに好評だなんてね」

家の中、私とマウル、メアラはテーブルに着いて、そう話をしていた。

床の上では、エンティアが丸まって欠伸《あくび》をしている。

「昨日の、サンドイッチのトマトもおいしかったよ、マウル」

「えへへ、きっとマコの作る魔法の《液肥》のおかげだよ」

私が褒めると、マウルは照れたように笑う。

頭の上のケモミミも、ピコピコと嬉しそうに揺れている。

「ううん、きっと、それだけじゃないと思うんだよね」

「？　どういうこと？」

「最近、この村に来たオルキデアさん達の影響もあるかもしれないと思ってさ」

窓の外、懸命に働く《ベオウルフ》達の方を見る私。

「皆さん、頑張れ頑張れですわ～」

「頑張れですー！」

畑仕事をしている《ベオウルフ》達を応援している、オルキデアさんとフレッサちゃんの姿が見えた。

一見、村に居住しているだけで、何もしていないように見えるが、植物に関連した種族であり、その種族の女王というほど高位な存在であれば、草花や果実に影響を与える力もあるはずだ。

現に、彼女達は村のあちこちで植物に自らの力を注いでいる。

そのおかげで、すくすく育ったおいしい野菜が出来たのではないだろうか？

「って、私は思うんだけど――」

言いながら、私は少し窮屈さを感じ、椅子を後ろへと引いた。

『あいたっ！』

すると、ちょうど後ろにいたエンティアの尻尾《しっぽ》を踏んでしまった。

『痛いぞ、姉御《あねご》』

「あ、ごめんエンティア、ちょっと体勢直そうとして」

「……マコ、思うんだけど」

そこで、普段から口数の少ないメアラが、不意に口を開いた。

「この家、狭いかな？」

「……うーん」

今や三人と一匹で暮らしている私達にとって、小屋程度の広さしかないこの家は、流石に狭く感じられる。

〝アングル金具〟で補強されて丈夫になったとは言え、やはり狭さはどうしようもない問題だ。

「確かに、それはねぇ」

「マコ、家って作れないかな？」

唐突に、メアラが発したその提案に、私は目を丸めた。

「い、家？」

「そうだ！　もっと大きな家が作れたらいいんだ！」

マウルが立ち上がって、テンション高くそう言う。

「マコなら簡単じゃない⁉」

「いや、マウル、私も別に万能人間じゃないから」

苦笑する私に、マウルは「そうだよね、ごめん」と自身の盛り上がりを恥ずかしそうに自省している。

「それに、もしそうなったらこの家を取り壊すことになるけど……いいの？　お父さんが建てた、大切な家なんでしょ？」

「それはそうだけど、でも……これから先もみんなで暮らすなら……」

あのメアラが、そうまで言っている。

私やエンティアの事を、本当に家族として受け入れてくれているのだろう。

（……それに……）

正直に言うと、私としてはやってみたい気持ちもある。

マウルにはああ言ったが、心のどこかで『出来るかもしれない』と思っている自分がいるのだ。

根拠ならある。

今のホームセンターでは、手作りの小屋――一般ユーザーが個人で家を作れる、ログハウスのスターターキットのようなものも実際に売っている（お値段、約三十万円）。

無論、それは二坪くらいの小屋だが、私も試しに作ったことがある（店舗に置く展示品として）。

その時の経験を応用すれば、そこそこの大きさの家を作る事も出来るかもしれない。

……と言っても、もっと大きな家となれば、それなりに図面を引いてきちんと作らなくちゃだが。

（……〝金槌《かなづち》〟のヘッド、〝ノコギリ〟の刃、〝釘《くぎ》〟とかは私の《錬金》で生み出せるとして……）

問題は、人手……そう、人手だ。

私一人で作っていたら、どれだけの時間と労力がかかるかわからない。

マウルとメアラは以《もっ》ての外。

木を伐採し、規定通りの寸法で材木を削り出し、それらを組み立てて施工が出来る——そんなパワーと体力、そして何より器用さと几帳面《きちょうめん》さのある人材が必要だ。

今《ベオウルフ》達は野菜作りに没頭している。

この村の発展のためにも、そちらを優先してもらう方が当然良い。

手伝ってもらうのは流石に忍びない。

……それに、こんな事言うのはアレだけど……畑を力任せにオラオラと耕しているみんなの姿を見ていると、正直、こういう細かい作業には向いていない気がする。

この家とか、他の家も、私が〝アングル金具〟で補強するまでガッタガタだったのだ。

きっと、そういう知識はあまり無いのかもしれない。

「父さんがいればなぁ……」

不意に、メアラがそう呟いた。

「父さんは、まだ《ベオウルフ》の中でも手先が器用な方だったんだ」

「うん。手作りの指輪を作って、お母さんにプロポーズしたんだっていつも言ってたもんね」

そう言って、メアラとマウルは顔を向かい合わせ寂しげな笑みを浮かべる。

……まずい、雰囲気が暗くなりそう！

「と、とりあえず、私達だけでも出来ないか、もしくはみんなの手が空いた時に手伝ってもらえるか考えておこう」

私はこの話を、そこで一旦《いったん》終わらせることにした。

◇◇◇

その日の昼。

私とマウルとメアラは、山に入って久しぶりに山菜やキノコを採る事にした。

この前みたいに野生の獣に襲われないように、いつでも〝防獣フェンス〟を生み出せるよう神経を尖《とが》らせておく。

「ここら辺の山って、結構険しいよね」

「この前のイノシシみたいな凶暴な獣も多いしね。キノコや山菜に混じって毒草も生えてたりするから、間違って採らないようにしなくちゃだよ」

籠《かご》に採集したキノコを入れながら、マウルが明後日《あさって》の方向を指さした。

「向こうの方に、昨日《きのう》行った草原があるでしょ？　あの草原を越えたあっち側の山は、火山なんだって。そのせいで、時々地震も起きるんだ」

「……本当、ここら辺の土地って色々住むには大変だね」

人間達から追いやられた獣人の住む場所。

悪い言い方をすれば、押し付けられたって感じなのかな。

「……あれ？　そういえば、マウル、メアラは――」

「マコ！　マウル！」

瞬間、少し離れたところから、メアラの叫び声が聞こえた。

何か焦っているような、そんな声。

「メアラ？」

「行ってみよう」

マウルを連れて、私達はメアラの声がした方に向かう。

斜面を下り、向かった先、メアラの姿が見えた。

「メアラ、何が――」

歩み寄っていくと、数メートル手前で何があったのかわかった。

メアラの前――大きな木の根元、そこに、一人の男性が幹に背中を預けるようにして座り込んでいるのだ。

動かない。項垂《うなだ》れた顔は、両目を瞑《つぶ》っている。

生きているのだろうか？　死んでいるのだろうか？

どちらにしろ、こんな森の中で人が一人倒れているという事実には変わらない。

私は急いで歩み寄ろうとする。

「メアラ、その人――」

瞬間だった。

メアラのすぐ横の草むらが、がさりと揺れた。

「！」

と思った瞬間、飛び出したのは灰色の体毛を生やした、野生の狼《おおかみ》。

エンティアに比べれば体も小さい――だが、鋭い爪と牙《きば》を剥《む》き、目を血走らせた凶暴な狼だ。

メアラは反応するが、至近距離――動けない。

私も咄嗟《とっさ》に駆け出そうとしたが、この前のイノシシの時よりも距離が遠く、何より狼の方が速い。

メアラの体が、食らい付かれる。

間に合わ――。

――立ち上がった男性の拳《こぶし》が、飛来した狼の横っ面に叩《たた》き込《こ》まれていた。

「ギャインッ！」

こちらにまで衝撃が伝わってきそうなほどの重い一撃を受け、狼の体は地面を転がり、そして白目を剥いて動かなくなった。

「え、あ……」

呆然《ぼうぜん》としながらも振り返るメアラ。

そこに、膝立《ひざだ》ちで、拳を振り切った姿勢の彼がいる。

「すごっ……」

と思わず私は呟いてしまった。それほどの早業だ。

仮●ライダーアギトのバーニングライダーパンチさながらだった。

（……って、そうじゃなくって）

改めて、その男性の全容がはっきりと見える。

端整な顔立ちだ。年齢はまだ若そうに見えるけど、開かれた鋭い双眸《そうぼう》からは、かなりの熟練した強者《つわもの》っぽい雰囲気を感じる。

少しクセのかかった黒髪。

筋骨隆々とまでは言わないけど、引き締まった長身痩躯《そうく》の体。

かなり鍛えているのがわかる。

ボロボロの外套《がいとう》の下から覗《のぞ》く服装は、所々破れ汚れているが、ナイフ等、色んな装備が見当たる。

軍人？　兵隊？　……そんな印象を受けた。

「あの……」

メアラの元までやって来た私は、男性に声を掛ける。

「………」

するとその男性は――そのまま横に倒れ、再び気絶してしまった。

「え、ええ？」

困惑する私……うん、そりゃ困惑するでしょ。

この人、一体何者なの？

見たところ、人間だとは思うけど……。

「マコ、この人……」

そこでメアラが、その男性が倒れた拍子に、彼の懐から転げ落ちた金属のバッジのようなものに気付く。

バッジと言うか、紋章？

「それ、なんだかわかるの？」

「これ……もしかしたら、ギルドのライセンスかもしれない」

ギルド？

なんか、聞いた事があるかもしれない。

そうだ、ＲＰＧゲームとかでよく出てくる……。

そんな私の疑問に答えるように、メアラは言った。

「この人、冒険者なのかも」

◇◇◇

「……う……」

呻《うめ》くように声を発し、その男性は薄《うっす》らと目を開けた。

どうやら、気付いたようだ。

「あ、気付きました？」

「…………」

私が振り返ると、彼は釈然としない顔で天井を見上げ、続いて私の方へと視線を傾けた。

ここは、マウルとメアラの家。

マウルが普段使っていたベッドに、更にテーブルを寄せて、彼を寝かせていたのだ。

森の中で気絶した、身元不明の謎の人物。

しかし、メアラを助けてもらい、その上で放置して帰るわけにはいかない。

私達はここまで、彼を三人がかりで運んできた。

長身の上結構ガタイがいいので、それはそれは大変だったけど——なんとか、ベッドに寝かせて安静な状態にする事は出来た。

ちなみに今、マウルとメアラには外に出てもらっている。狭いので。

「ここは……」

彼は上半身を起こすと、左右を見回す。

そして自分が、どういう経緯で今ここにいるのか、何かしら察したのだろう。

「……世話になった」

言うが早いか、彼はベッドの上から足を床に下ろした。

「あ、ダメですよ、まだ安静にしてないと」

私は即座に彼の前へと行く。

予想通り、彼は足元をふらつかせ倒れそうになった。

それを私が支え、再びベッドへと腰を下ろさせる。

「ふらふらじゃないですか。ちゃんとご飯食べてます？」

「……十日は何も食っていない」

大変じゃん！

そりゃ足元も覚束《おぼつか》なくなりますよ。

「あなた、あんな場所で行き倒れて……何があったんですか？」

「………………」

私の質問に対し、彼は口を閉ざした。

何か、言いたくない事情でもあるのかな？

まぁ、その辺の話は後でも出来る。

「まずは、腹ごしらえしましょうか」

「……なに？」

空腹じゃあ、体以上に思考も鈍る。

というわけで、比較的消化に良さそうな料理をあらかじめ作っておいたのだ。

私は、スープとパンを木製のお盆に載せ、彼の前に置く。

「どうぞ。パンをスープに浸《つ》けると、食べやすいですよ」

「……………すまない」

そう呟《つぶや》いて、食事を口に運ぶ。

しばらくして完食すると、彼は手を合わせて食器を下げた。

「あなた、冒険者なんですか？」

下げられた食器を片付けながら、私は何気無く聞く。

「そのバッジ」

私は、彼の服の胸元を指さす。

その懐には、先程転がり落ちた、彼がそのギルドに所属している事を表す金属のバッジが入っている。

「……いや、冒険者ではない。だが、王都のギルドの一つに所属していた」

ギルドというのは〝組合〟という意味なので、冒険者以外にも様々な職種のギルドがあるのだと、先程メアラに教わった。

どうやら、冒険者ではないが、何らかのギルドに身を置いていた方らしい。

そこで彼は、今度こそ両足でしかと床を踏み締め。

「ガライだ。すまない、助かった」

ガライ——そう名乗って、そのまま立ち上がった。

もう立ち上がれるんだ。

凄《すご》い回復力だ。

「何か手伝える事はあるか？」

「え？」

唐突に、ガライさんはそう言った。

「ここを去る前に、恩を返したい」

律儀な性格だ。良い人なのかもしれない。

最初は冒険者だと思っていたので、ちょっと怖い感じだったらどうしようかとも思ってたんだけど。

ほら、冒険者って、街の市場で出会ったあの冒険者の印象しかなかったから。

「うーん、そうだなぁ……」

私は、うーんと唸《うな》る。

手伝ってもらうことと言っても、特に炊事洗濯は間に合ってるし……。

「炊事洗濯……あ、そうだ！」

そこで私は一つ、良い考えを思い付いた。

◇◇◇

「ひー、疲れたぁ」

「何が『疲れた』だよ。全然耕し切れてねぇじゃねぇか。まだまだやることはあるんだぞ、お前ら」

「そりゃわかるけどよう、流石《さすが》に一日中これだけしてるってわけにも……」

昼が過ぎ、午後三時程の時間。

意気揚々と畑を開墾していた《ベオウルフ》達にも、相当の疲れが溜《た》まってきている様子だ。

みんなが座り込み、オルキデアさんとフレッサちゃんが持ってきた水をガブガブと飲んでいる。

「みんな、朝からずっとお疲れ様」

そこに、ガライさんを連れて、私はやってきた。

「おう、マコ！」

「いやぁ、畑仕事って大変だなぁ……こんなもん、すぐに終わると思ったのによう」

「馬鹿野郎！　作物を育てるってのは生半可な事じゃねぇんだ！　舐《な》めるなよ！」

「マコぉ、あんたからも言ってやってくれよ。ウーガの奴《やつ》、朝からずっとこんな感じで偉そうでよぉ」

「あははは……ところで、みんな」

和気藹々《わきあいあい》とする《ベオウルフ》達に、私は言う。

「今日はずっとこの調子だし、どうせ他の家の仕事は手が付いてないでしょ？　何か手伝える事があったら、言ってよ」

「お！　なんだ、マコがやってくれるのか？」

「マコ！　俺の家の掃除をしてくれ！」

「俺の服を洗濯してくれぇ！」

「ご飯食べたい！」

「膝枕《ひざまくら》！」

「はいはい、最後らへんのは無視するからね。じゃあ、とりあえずまずは洗濯かな」

やっぱりと言うか、多いのはその辺りの要望だった。

この人達、昨日《きのう》の夕方から宴会で、そのままの勢いとテンションで畑仕事を始めたから家の事とか全部蔑《ないがし》ろにしてるんだよね。

だから、ちょうど助けが必要だと思ったわけで。

……ホームセンターの仕事の一環で、介護用品のオムツとかをおじいちゃんおばあちゃんの家に配達に行った時とか、時間に余裕があればちょっとした家の仕事を手伝ったりしたもんだ。

それこそ洗濯とか、掃除とか。

その時の経験で、ちょっと世話を焼きたくなったのだ。

「マコ様、わたくし達もお手伝いいたしますわ」

「あ、いいよいいよ、オルキデアさん、フレッサちゃんも。二人は引き続きみんなを応援してあげて」

さて——と、私は背後に立つガライさんを振り返る。

「というわけで、ガライさん。手伝ってもらえますか？」

《ベオウルフ》のみんなの中からは、「え？」「誰《だれ》？」という声も聞こえる。

ガライさんの『恩返しをしたい』という気持ちを叶《かな》えるついでに、ちょっと手伝ってもらおうと思ったのだ。

と言っても、彼も病み上がりなのでそこまで重労働をさせる気はない。

あくまでも私のサポート……と思っていたのだが。

「ああ、わかった」

まるで、すべてを理解したかのように、ガライさんはあっけらかんとした顔で、そう言ったのだ。

……その後、私は凄いものを目にすることになる。

◇◇◇

「ふぉぉ……」

と、私は目前に広がる光景に、思わず溜息《ためいき》混じりの声を発してしまった。

私の目の前に広がるのは、村中の《ベオウルフ》達の服が並び立つ物干しに掛けられ、まるで穂波のように風にはためく光景だった。

ほんの数十分程度で、何十という洗濯の山が片付けられてしまったのだ。

大人の《ベオウルフ》……大柄な体形の彼等に誂《あつら》えられたサイズの衣服が。

「こんなところか」

「凄いですね！」

横に立っていた私が感嘆の声を上げると、ガライさんは驚いたように顔をこちらに向けた。

「……洗濯をしただけだ」

「いやいやいやいや！　量！　これだけの量を、こんな速度で普通片付けられませんよ⁉」

井戸で水を汲《く》み、洗濯板を使い汚れを落とし、地面に物干しを立てて通し、干していく——その手順はかなりの仕事量だ。手際が良すぎる。

しかも、私が事前に指示した通り、洗濯ものは綺麗《きれい》に汚れが落ちて、干し方も皺《しわ》が寄らないようになっている。

豪快にして繊細、そして正確な仕事……うーん、是非うちの店のスタッフに欲しい人材だね。

……いや、今はもう関係無い話だけど。

「得意なんですか？　家事」

通り掛かる《ベオウルフ》達や、マウルやメアラも、この光景を前にぽかんと目を丸めている。

そんな中、私は彼に質問をした。

自分で言っておいてなんだが、素《す》っ頓狂《とんきょう》な質問だろうけど。

「いや、家事が得意というわけじゃないが……ギルドにいた頃《ころ》の経験が生きただけだ」

自身の髪をくしゃくしゃと掻《か》きながら、ガライさんは言う。

癖なのだろう。

「俺の所属していたギルドは少し特殊でな、住むところや行き場の無い奴——それに親の居ないガキなんかを多く受け入れたり、預かったりしてた」

「へぇ」

この世界のギルドの常識がどんなものなのか詳しくは知らないが、彼のギルドはどうやら会社っぽいものであると同時に、生活共同体みたいなものでもあるようだ。

あくまでも、彼のギルドに限られた話のようだけど、孤児院っぽい印象も受けた。

「俺もガキの頃に、そのギルドのマスターに拾われた。要は、行く当てのないガキを受け入れて生きていけるように育ててあげるのが目的だが、命を救われて人間並みの生活をさせてもらってる以上は、恩は返さなくちゃならない。ギルドの仕事以外にも、言われた事は色々とやらなきゃならない。だから、何を言われても言われた通りに出来るように、そういう事が得意になったんだ」

なるへそ。個人としての技能が高いのだろう。

いわゆる、何でも仕事が出来るタイプの有能人材だ。

でも、それにしたって凄い。

「みんなー、洗濯終わったよー」

「早っ！」

「嘘《うそ》だろ！　あれ、俺達全員分の洗濯物かよ⁉」

私が報告しに行くと、みんなに仰天されてしまった。

まぁ、当然だろう。

◇◇◇

夕方。

家の中は狭いので、私達は庭に出て晩御飯を食べていた。

私とマウルとメアラ、エンティア、それにガライさんも。

「ガライって冒険者なの？」

「いや……少し違うな」

「ガライの居たギルドってどんなところだったの？　冒険者ギルドじゃなくても、あれだけ強いって事は、傭兵《ようへい》ギルドとか？　どういう仕事してたの？」

食事中、メアラがガライさんに質問を投げ掛けていた。

いつも静かなメアラにしては珍しく、彼に興味津々だ。

狼《おおかみ》に襲われそうになったところを助けられたからかな？

「ガライは、もう村を出てくの？」

マウルが、控えめな声音で問い掛ける。

「ああ、長居するわけにはいかないからな」

「……もうちょっとくらい、ここにいてもいいのに」

メアラが呟く。

「……いや、そういうわけには」

「でも本当、私はガライさんにはまだこの村にいて欲しいな。色々、仕事を手伝ってもらえたら助かると思うし」

私はメアラに助け舟を出すように、そう言う。

彼の手際の良さや、昼間の仕事っぷりを褒めながら、彼にもうちょっとここにいて欲しいと遠回しに伝える。

ガライさんは、困ったように髪を掻いていた。


その後、夕飯を終えた私は後片付けを済ませると、散歩ついでにみんなの様子を見に行くことにした。

広場では、今日一日頑張ったということで、また《ベオウルフ》達がどんちゃん騒ぎをやっている。

もう連日宴会だよ、この人達。

ま、楽しそうで何よりだけど。

「お、マコ！　あの洗濯プロの兄ちゃんはどこに行った⁉」

「あの兄ちゃんにも礼を言わねぇとな！」

「酒ならたんまりあるって言っといてくれよ！　飲み比べならいつでも歓迎するぜ！」

酔っぱらって上機嫌になっているというのもあるけど、みんな、今日会ったばかりの彼を早くも受け入れている様子だ。

まぁ、仕事っぷりもあるが、誠実そうな人となりも要因だろう。

（……ガライさん、お酒は飲めるのかなぁ……）

考えながら、マウルとメアラの家の方へと戻ってきた。

その時だった。

「わぁ！　凄い凄い！」

「凄いのです！　ガライ様！」

裏手の菜園の方から、マウルとフレッサちゃんの声が聞こえた。

見に行くと、二人と一緒にガライさんがいた。

「いや、そこまで大したものじゃ……」

遠慮がちに言うガライさんの手元には、ナイフが握られている。

そしてマウルとフレッサちゃんが手に持って見ているのは、木を削って作られた鳥や蛙《かえる》の木彫りだった。

（……へぇ……）

どうやらガライさんが、木片を手持ちのナイフで削って、動物の彫刻を作ったようだ。

花と野菜が実った菜園の端々に、よく見れば木彫りの狼や猫の姿も見える。

「かわいいです！」

フレッサちゃんが、年相応の女の子のようにはしゃいでいる。

確かに、菜園がだいぶかわいい雰囲気になっていた。

「へー、上手ですね」

そこで、近付いていた私の存在に気付き、ガライさんが髪を掻く。

「……ギルドや町の子供達に、こういうのを作ってやると喜ばれたんだ」

こそばゆそうに髪を掻く彼を見て、私は微笑《ほほえ》む。

そこで私の頭に、ある考えが浮かんだ。

手先が器用で、細かい事が得意。

しかも、体力もある。

もしかして、彼なら……。

◇◇◇

翌朝。

「ガライさん、家を作るのを手伝ってもらえませんか？」

「…………」

出し抜けに言った私の発言に、ガライさんは表情を停止させる。

場所は、私とマウルとメアラの家の外。

昨日《きのう》の夕飯と同じように、外で朝食を食べている最中の事だった。

「マコ、家作るの⁉」

驚きの声を上げるマウルに、私は頷《うなず》く。

「うん、ガライさんに協力してもらえるなら」

「いきなり、家を作りたいとは……」

流石《さすが》に、ガライさんも困惑している様子で、髪を掻いている。

「この家もみんなで暮らすには狭くなったので、新しく家を建てたいんです。この場所は村の中でも外れの方で、周囲の土地にも余裕があります。他の家に迷惑も掛かりません。この一帯の土地を使わせてもらう許可は、村のみんなにも取りました」

私は、ガライさんの目をまっすぐ見て言う。

「ここに、新しい家を建てられないかと思って。あ、別にそこまできちんとしたものじゃなくて、本当に簡単な造りなんですけど」

「……あんた、家を建てた経験があるのか？」

「あります」

即答する私に、ガライさんは驚いている。マウルとメアラも驚いている。

おっと、誤解を招くかな。私は慌てて訂正する。

「いや、あくまで小屋レベルですけどね。でも、その時の経験を生かして、昨日の夜から一晩かけて、図面を引いてみたんです」

言って、私は昨夜から、《錬金》の力で錬成した〝曲尺《かねじゃく》〟を片手に徹夜で作った家の設計図を見せる。

「わぁ、凄《すご》い！」

「マコ、本当にこの通り作れるの？」

家の完成図をはじめ、必要な材料、工程の数々を記した紙の束を見て、興奮するマウルと、冷静に問い掛けてくるメアラ。

そして、ガライさんも、その図面を受け取ると目を通していく。

「きっと、ガライさんが協力してくれるなら、上手《うま》くいくと思って」

「…………」

「多分、一日二日で終わるような作業じゃないかもだけど、手伝ってもらえませんか？」

私は真剣な表情で頼み込む。

家を建て直すという話が出たその日に、ガライさんという貴重な人材に出会う事が出来た。

このチャンスを逃してはいけない。

ガライさんは一通り図面に目を通す――そして、何かを考え込むように、数秒黙ると。

「……わかった、手伝わせてもらう」

はっきりと、そう言ってくれた。

「ありがとうございます！　じゃあ、朝ご飯も食べ終わったことですし、早速！」

「ああ、まずは何をすればいい？」

「僕達も手伝うよ！」

「マコ、ガライ、俺達に出来る事があったら言って」

◇◇◇

「よっし、じゃあまずは木材の調達だね」

というわけで早速、現場監督――私、メイン作業員――ガライさん、サポート要員――マウル＆

メアラによる建設作業が開始した。

第一に、材料となる木材の確保だ。

木は、森に生えている樹木を使う。

今住んでいる家も、あの森の木を材料にしたと言っていたので問題は無いはずだ。

おそらく、この作業が何よりも大変だろう。

必要な分の木材を揃《そろ》えるには、途轍《とてつ》もない量の木を伐採しなくてはならない。

「一応、マウルとメアラの家に、農具に交じって〝斧《おの》〟もあったけど、ガライさん用にもっと大きなやつを用意しますね」

「用意？　どこかに買いに行くのか？」

疑問符を浮かべるガライさんの目の前で、私は魔力の発光と共に、巨大な斧の刃を錬成する。

ズシン、と、音を立てて地面に落ちる刃。

「一応、これに木の柄をつければ、使えるようにはなります」

「……凄いな、あんた、魔法が使えるのか」

私の錬成した〝斧〟の刃を見て、ガライさんは驚いている。

しかし、自分で作っておいてなんだけど、ちょっと大きいのを作りすぎたかな？

昔、会社の海外研修でアメリカに本場のホームセンターを見学しに行ったのだが、そこで見たバトルアックスみたいな〝斧〟の刃をイメージしたのだけど。

ちなみに向こうのホームセンターって、モノの規格が日本とは全然違うし、普通にショットガンとか売ってたりするからね（※州によります）。

相当な重さのようで、マウルとメアラが「う～～！」「ん～～！」と、二人がかりで持ち上げようとするが微動だにしない。

「うーん……もしあれだったら、もう少し軽量に――」

「いや」

瞬間、ガライさんがその肉厚な刃の端を持つと、グイッと持ち上げて見せた。

「これから、何十本も木を切るんだ。これくらいでちょうどいい」

「す、凄い……」

言葉を失う私達の前で、ガライさんは刃に木の棒を削った柄を取り付け、本格的に〝斧〟にすると、それを使って木々の伐採を始めた。

――そこからの光景は、すさまじいものだった。

彼が二、三回〝斧〟を振るうだけで、巨大な樹木が次々に倒されていく。

バンバン倒し、枝や皮を払い、村の中へと次々に運んでいく。

正直、この作業だけで一日使うと思ってたのに、ものの一時間くらいで終わってしまった。

「すご……」

「次は何をすればいい？」

「あ、えーっとですね」

あまりの手際の良さ……いや、もう手際とかそういうレベルじゃないけど……に、少し興奮してきた私に、ガライさんは続いての指示を仰ぐ。

「じゃあ次は、角材作りですね」

私は、事前に用意しておいた〝ノコギリ〟の刃……これもアメリカサイズ……を渡し、切り倒した丸太を木材に加工していく作業を伝える。

根太《ねだ》、柱、梁《はり》、垂木《たるき》……事前に計算したサイズの角材を、複数作成してもらわなくちゃならない。

〝斧〟と同じように、柄の部分に布を巻き付け握りやすくした〝ノコギリ〟を構え、ガライさんは「わかった」と答える。

そして、あれよあれよという間に、必要な角材を切り出してしまった。

「どうだ？」

「……素晴らしいです」

あかん、若干ヒいてしまった。

いや、実際ヒくぐらい素晴らしいんだもの。

そりゃ、手作業だ。そこまで正確な角材には仕上がっていない。凸凹《でこぼこ》しているところもある。

けど、機械の無いこの世界で、手作業だけでこんなに作れるなんて、素晴らしいにもほどがある。

私の心の中に、うずうずとした何かが湧《わ》き上がってくる。

なんだろう……この人と一緒に何かを作ってると、楽しい！

「ガライさん！　じゃあ、次！　本格的に作っていくので、まずは整地しましょう！」

……――と、その前に。

切り出した状態の今の木材は、いわゆる生木の状態だ。

建築材として使用するためには、木を乾燥させないといけない。

けれど、自然乾燥させるとなると凄い時間が掛かるし、人工乾燥などする設備も無い。

「というわけで、ご協力お願いしたいんですけど……大丈夫ですか？」

「はい、かしこまりましたわ、マコ様」

用意した木材を前に、オルキデアさんはそう快く返答してくれた。

彼女は木材に手を翳《かざ》し、その表面をなぞるように触れていく。

木材の表面から光が浮き上がり、彼女の体に吸い込まれ……そして、空気中に発散されていくのがわかる。

彼女は今、この木達の力を吸い取っているのだ。

生命力を吸い取られた木材はあたかもミイラになるように、水分が失われて乾燥した木材へと変化していく。

「ごめんね、オルキデアさん」

一応彼女には同意はもらっているが、改めて私は謝罪する。

この行為って、《アルラウネ》の彼女からしたら、半分同族である植物の命を奪ってるようなものなのかな？　——と、そう考えたからだ。

「いえ、マコ様、お気になさらずに」

しかし、オルキデアさんは微笑《ほほえ》んで答える。

「植物は、人の食事や動物の餌、そしてこのように生活の基盤ともなるものなのです。逆に動物が絶命した際には、野で朽ちれば草木の源となる。命とは輪廻《りんね》が巡り、他者を生かすための礎となる、持ちつ持たれつの関係なのです……ですので、大事に使ってあげてくださいね」

◇◇◇

自前のナイフを使って、角材を更に滑らかにしているガライさんに指示する。

建築予定の場所に向かい、丸太を使って地面を均《なら》すのだ。

当然、地盤は水平にしなくちゃいけない。

この世界に〝水平器〟はないと思うので、私は即席の〝水平器〟を作る。

ガラスのコップの表面に、私の道具袋の中に入っていたマーカーを使って、水平の線を引く。

そこに、花の花弁から色を取った色水を注ぐ。

「この線を横から見て、色水の水面が傾いていたら水平じゃないってわかるんです」

「……なるほど、凄いな」

マウルとメアラには、簡単な作業——木屑《きくず》を片付けてもらったり、ガライさんの求めに応じて道具や、私が随時錬成する〝釘《くぎ》〟や〝アングル〟等の金具を渡したり——をやってもらう。

二人とも、すっかりガライさんの事を信頼しているようで、従順にお手伝いをこなしている。

——そこから、時間は驚くほど早く過ぎていった。

土台を作り、柱を立て、梁を通し、床をつけ、間柱を設置。

棟木に小屋束《こやづか》、そして垂木……。

「出来たな」

「……うぉぉ」

時間は、もう夜中。

村のみんなも、疲れたマウルとメアラも寝静まっている。

松明《たいまつ》の明かりを前に、私は感動で打ち震えていた。

目前には、完全なる家屋の骨組みが出来上がっているのだ。

建てちゃった……マジで家、建てちゃったよ……。

「ガライさん！　もうこうなったら、朝までかかっても完成させましょう！　私、待ちきれません！」

「あ、ああ」

深夜テンションも手伝ってハイになっている私に、ガライさんは臆《おく》しながらも応じてくれた。

ここから、玄関の扉など、細かい部分を取り付けていく形となる。

しかし、やるからにはイイものを作りたいと思う私は、そこで《錬金》の力を使ってあるものを生み出すことにした。

「それは？」

「〝ガルバニウム波板〟です！」

私が錬成したのは、金属の屋根材。

錆《さび》にも強く強度も高い、この前の嵐《あらし》にも耐えられるであろう金属の屋根材——〝ガルバニウム〟の波板を複数枚生み出す。

「これを屋根に張りましょう。あと——」

更に私は、続いて壁材も錬成する。

細長い長方形の金属の板を複数枚、次々に生み出していく。

「これは、〝金属サイディング〟です。一枚一枚、パズルみたいに互いに噛《か》み合わせて張る事が出来るので、施工も簡単ですよ。本来は断熱材が入ってるんですけど、私が生み出せるのはあくまでも金属だけなので、まぁ、化粧の役割しかないんですけど、きっと見た目が良くなります」

「わかった」

こうして、私とガライさんは一晩中、その体力とテンションが続く限り、家作りに力を注ぎ続けたのだった——。

◇◇◇

……そして、翌早朝。

「…………」

「…………」

「……メアラ、これって夢かな」

「…………（マウルのほっぺを、ぎゅっ）」

「痛い！　……夢じゃない」

「夢じゃ、ないな……」

起きてきたマウルとメアラが、その光景を見て唖然《あぜん》としている。

二人の前に立つ私とガライさんも、朝日に照らされるそれを見て、言葉を失っていた……自分達が作ったものなのに。

《ベオウルフ》達の村の中――そこに、立派な一軒家が完成していた。

「……やっちゃった」

今更ながら、私は自分のしでかしたことに身震いする。

やっちゃった、ファンタジーの世界に思いっきり近代的な一軒家を建てちゃったよ。

とは言っても、ただのホームセンター店員がありあわせの知識で作った家だ……きっと色々と抜けてる部分はあるかもしれない。

けど、私の魔力が宿った〝アングル金具〟をはじめ、屋根材や壁材で補強しまくっているので、強度もかなり高いだろう。

何はともあれ、出来上がってしまったものは仕方がない。

「あ、マウル、メアラ、おはよう」

「マコ！　凄《すご》い、凄い！　本当に魔法だよ！」

「たった一日で、こんな大きな家が出来ちゃうなんて……」

マウルとメアラが興奮した様子で駆け寄ってくる。

私達は早速、家の扉を開けて中へと入る。

「広い！」

まだ内装も何もしていない家の中は、かなりの広さだ。

前の家の何倍も大きい。

これなら、私達にエンティアも加えて、十分過ぎるほどゆったりと生活出来る。

「まだ内装は完成してないから、前の家から家具とかを徐々に持ってきて作っていこっか」

『ぬぉぉ！　凄いではないか、姉御《あねご》！　広いぞ広いぞ～』

エンティアもやって来て、家の中で飛び跳ねている。

「こらこら、はしゃがないの」

『ふふふ、これで存分に体を伸ばせるな』

床の上で、のびーっと体を横たわらせるエンティア。完全に室内犬だ。

『ほれ、姉御。もふもふするがいい。一晩中作業して、疲れているだろう？』

「そうだよ！　マコ、もう休んで！　昨日《きのう》の夜から、朝まで家を作ってたんでしょ？」

「え？　うん、まあそうだけど、ちょっとハイになってたから疲れはあんまり無いんだよね」

私は振り返り、ガライさんを見る。

本当に楽しくて、時間が過ぎるのを忘れてしまっていた。

……ガライさんの方は、どうだったんだろう。

「すいません、ガライさん。一晩中付き合ってもらっちゃって」

「いや……別に大丈夫だ」

「後のことは任せて、もう休んじゃってください。あ、ほら、エンティアの上で寝てください。気持ちいいですよ？」

『ふむ、本来は姉御と小僧達しか許可していないが、大儀であったからな、我の上に身を預けてよいぞ』

エンティアも、偉そうではあるが許可してくれた。ちなみに、マウルとメアラは既にエンティアの上で寝息を立てている。まだ朝も早いからね。

「いや、俺は……」

しかし、そこで、ガライさんはエンティア達を一瞥《いちべつ》すると、どこか遠慮がちに声のトーンを落とし。

「……後片付けをしてくる。あんたこそ、もう休んでくれ」

そう言って、彼は扉を開けて出て行った。

「あらら……」

一夜が明けて、私も少し冷静さを取り戻してきた。

そうだ、彼はそもそも、数日前に森で行き倒れているところを助け、一時的にこの村に居るだけの人物だ。

助けてもらった恩は返そうという律儀で誠実な性格だけど、どこか、深く踏み込まないように一線を引いている。

こうして家作りの手伝いも終え、もうそろそろ、彼も村を出ていくつもりなのだろうか？

「…………」

私は振り返り、エンティアの上で寝息を立てているマウルとメアラを見る。

「うーん……マコ、ガライ、ごはん……」

「四人で、ピクニックに行こう……エンティアも……」

寝息の間から、随分と具体的な寝言が聞こえてくる。

きっと、幸福な夢を見ているのだろう。

私は、クスッと微笑むと、扉を開けて家の外に出る。

昇る朝日を眺めながら立っている、ガライさんがいた。

「……ガライさん……あ、私もガライって呼んでもいい？」

「…………」

ガライは、驚いたように目を瞠《みは》るが、拒絶はしなかった。

「ガライの所属してたギルドって、どうなったの？」

「…………」

彼は黙る。

やはり、色々と事情があるようだ。

そして、心の内は、打ち明けたくないのかもしれない。

「ガライ。私には、あなたの身に何があって、ここまでやって来たのかはわからないけど――」

でも、私は正直な気持ちを話す。

（……『寂しい時に、ちゃんと寂しいって言えないと、人の痛みのわからない王様になっちゃう』……だもんね、ソウゴ……）

仮●ライダージオウの、トキワ・ソウゴの姿から学んだ、人に素直な気持ちを伝えることの大切さ。

それを思い出し、私は言う。

「けど、まだまだ手伝って欲しい事がいっぱいあるし、もうちょっと、この村にいて欲しいな」

「…………」

「この村を出て、また行き倒れになっちゃうかもって考えたら、心配だよ」

私は、何も包み隠さず、本心を告げる。

対し、ガライは――。

「マコ」

視線を逸《そ》らしながらではあるけど、言葉を紡ぐ。

「……あんたと一緒に家を作っていて……その、俺も楽しかった、時間を忘れちまった」

「うん」

「……その、あんたがいいなら……」

「いいよ」

ガライはむず痒《がゆ》そうに、髪を掻《か》く。

こうして、私達の村にまた一人、頼りになる仲間が増えた。

◇◇◇

私とガライが作った家は、村の《ベオウルフ》達からもかなり絶賛された。

「おいおいおい、この壁、金属で出来てるのか？」

「うん」

〝金属サイディング〟で覆われた外壁を、ラムが驚いたように触っている。

「すげぇな、城じゃねぇか」

「いや、城だって外壁は石材だ。それ以上の防御力じゃないのか？　こりゃ」

「いやいや、そこまで分厚い金属じゃないから」

ラムとバゴズをはじめ、集まった《ベオウルフ》達がワイワイと、私達の家を見て話し合っている。

そういえば、今の自分の発言で思ったのだけど、現在のこの国の時期って季節で言えばいつ頃《ごろ》なんだろ？

気温とかから察するに、なんとなく春と夏の間くらいだとは思うけど。

「もうなんだか、最近はマコがやる事が規格外すぎて……むしろ何をやっても驚かなくなってきたぜ」

「な、一日でこんなすげぇ家建てちまうなんて、本当ならやべー事なんだけどな」

「ううん、私だけの力じゃないよ。材料の作成から組み立てまで、ガライがいたから出来たんだ。あと、マウルとメアラやオルキデアさんにも手伝ってもらったしね」

苦笑する《ベオウルフ》達に、私は言う。

彼等は遠く、今回の建設で出た端材の木を切って薪《まき》を作っているガライを見る。

「マコもそうだが、オルキデアやフレッサ……この村に最近、《ベオウルフ》以外の種族が増えてきたな」

「ああ、だが、悪い奴等《やつら》じゃないし、俺は歓迎だぜ？」

「俺も俺も」

うんうんと頷《うなず》く《ベオウルフ》達。

そこで、一人の《ベオウルフ》が、思い出したように声を上げた。

「そうだ、マコ！　畑の様子見てくれよ！　一昨日《おととい》植えた野菜、もうかなり成長してるんだぜ⁉」

みんなが我先にと、自分の作った畑に私を招こうと引っ張る。

「こっちこっち！　もっと成長させるために、何が必要か見てくれよ！」

「これから俺達で、どんどん野菜を作ってくぜ！」

「おう、頑張ろうぜ！」

「うん、いいねいいね、頑張ろう」

……ただね、みんなごめん。

私も何気に、二晩徹夜してるんだよね。

今日はもう、新築で休んでもいいかな？

第四章　侵略者から村を守ります

それから数日――この村で作られた野菜達は、ウィーブルー家当主を通じて、ガンガン市場都市《しじょうとし》に出荷されていった。

当主もノリノリだ。

彼のハイテンションなキャラは、どこかこの村の《ベオウルフ》達と波長が合うらしく、些細《ささい》なイザコザさえ起こらない。

獣人と人間が、決して安くないお金の絡む取引を、現状問題なく進めているって、何気に凄い事なんじゃないだろうか？

「マコ殿、何なら野菜以外でも、この村で特産品のようなものがあれば、我々が市場に運び販売いたしますぞ？」

「え？　そんな事もしてもらえるんですか？」

ある日、当主にそう提案された。

今まで、週に一度、市場都市に物品を運んで売っていた作業を、彼が仲介してくれるということだ。

……とは言え、何が良いだろう？

流石《さすが》に、今までみたいに、山で採れたよくわからない山菜やキノコや木の実や、よくわからない獣のよくわからない干し肉や毛皮を売るわけには……。

「お花などどうでしょう？」

そこで、オルキデアさんが、その手に花束を抱え持ってきた。

「綺麗《きれい》なお花を見れば、都会の人間の方々も癒《いや》されるのではないでしょうか？」

「お花ですか、うーむ、確かに美しい」

「そうだね、オルキデアさんとフレッサちゃんが育てたお花なら……」

そこで、私の頭の中に一つ、名案が浮かんだ。

「そうだ！　オルキデアさん、フラワーアレンジメント作ろう！」

「ふらわーあれんじめんと？」

◇◇◇

フラワーアレンジメントとは、簡単に言えば複数の花や草木を組み合わせて作る生け花のようなもの。

鉢や籠《かご》を使って、何種類かの花を寄せ植えする……芸術品だ。

無論、そのまま水や肥料を与えて育成も出来る。

「これでいいか？　マコ」

「うん、ありがとうガライ」

私は、ガライが木の皮を編んで作ってくれた籠――バスケットを受け取る。

事前に私が一個作り、それを真似《まね》て幾つか作ってもらった。

流石ガライ、全く精巧な出来だ。

「で、どうするの？」

「花を植えて、鉢植えを作るんだよね」

「この籠の中に入れるのです？」

「楽しそうですね～」

今回は、メアラ、マウル、フレッサちゃん、それにオルキデアさんと一緒に作ることにした。

私が講師役である。

んー、懐かしいな、ホームセンター時代にも夏休みとか、親子参加の寄せ植え教室をよく開催したりした。

「うん、このバスケットの中に土を入れて……」

土は、私の作った《液肥》によって栄養たっぷりになった、この村の畑の土を使う。

そこに、オルキデアさん達の育てた花や草を、バランス良い配色で植えていく。

「マコ、こんな感じ？」

「そうそう、メアラ上手《うま》いね。配色にセンスがあるよ」

「……別に、そこまでじゃないよ」

頬《ほお》を染めてそっぽを向く、メアラ。

照れかわいい！

「見て見て、マコ！　この青い花と赤い花が僕とメアラで、この一番きれいな白い花がマコなんだよ！」

マウルは、私達をイメージした感じで花を並べている。

この子は、本当に純粋すぎてキュンキュン来るね。

「マコ様！　ごめんなさい、うまく出来ないのです！」

「いいのいいの、フレッサちゃん。十分うまいよ。ここに黄色い花を入れると、バランスがよくなるかな？」

「わかりました！」

フレッサちゃんは一生懸命だ。

「マコ様、如何《いかが》でしょう。わたくしの力を分け与えて、力強さをイメージしてみましたの」

「す、凄《すご》いですね……」

オルキデアさんのは……なんだろう、最早《もはや》、華道の展覧会とかにある凄く馬鹿でかい生け花の作品みたいになっている。

ある意味、芸術点は一番高い。

「うん、みんな良い感じで出来たね」

「……マコ、こんなものを作ってみたんだが」

そこで、ガライが持ってきたのは、彼が木片を削って作った小動物の人形だった。

おお！　こういうのがあると凄くいいんだよね！

「ありがとう、ガライ！　流石、出来る男は違うね！」

「…………」

ガライは相変わらずの癖で、髪を掻く。

彼が木で作ったウサギや猫等の人形を寄せ植えに置くと、また一段とかわいさが増した。

「かわいいのです！」

「凄い凄い！　これ、市場で売れるかな⁉」

「売れるといいねぇ」

私達が作ったフラワーアレンジメントを見て、当主も絶賛していた。

「素晴らしい！　数多《あまた》の絵画や宝石、至宝と呼ばれる芸術作品を見てきましたが、それらに勝るとも劣らぬ美しさを感じますぞ！　手の平に収まる籠の中で一つの庭が表現されたこの作品からは、草花が本来持つ儚《はかな》さと尊さが存分に伝わり、人間社会で汚れた我々の心を癒すような健気《けなげ》な力が——」

「ごめんね、当主。ちょっと感想が長過ぎるかな」

当主は、収穫した野菜をはじめ、私達の作った寄せ植えを持って街へと帰っていった。

うちの子達が作った、立派なフラワーアレンジメントだ。

街の人達にも気に入ってもらえるといいんだけど……。

◇◇◇

「大大大大大反響ですぞ、マコどのぉぉぉぉぉぉぉ！」

「うわ、びっくりした！」

翌日、当主は村に現れるや否や、そう叫んで駆け寄ってきた。

もうこの人、村の外で馬車から降りて走って来たらしい。

そんなにいち早く伝えたかったのか……。

「素晴らしいですぞ、皆さん！　野菜は相変わらずの大好評！　飛ぶように売れております！　何より、今回のお花の寄せ植えや、ガライ殿の作る木彫りの人形も大人気！　街の子供や女性からの問い合わせが殺到しております！」

うわー、凄い事になっちゃった。

《ベオウルフ》のみんなやマウル、メアラ、それにオルキデアさんとフレッサちゃんも、それを聞いて大喜びだ。

無論、私だって嬉《うれ》しい。

「ところで、ガライ殿……」

そこで、当主がこっそり、ガライの方へと近寄っていく。

「実は、ガライ殿の腕を見込んで、依頼が来ているのですが……今度は、今街で人気の踊り子を象《かたど》った木の像を作ってくれないかというもので、金ならいくらでも払うと言う者達がいましてな」

「…………」

ガライ、なんだかフィギュア師みたいな依頼を受けてる……。


「ところで、当主さん」

当主からの報告に大喜びする一同。

その一方で、私は秘《ひそ》かに彼へと声を掛けていた。

「私がここにいるって事は……」

「大丈夫です。私は口が堅いので、決して口外などしていません」

ウィーブルー家当主は真面目《まじめ》な表情になって、そう断言した。

よし、よかったよかった。

私の居場所は、市場都市の中では広まっていないようだ。

あの騎士団の人達とか、イクサとか、バレるとちょっと問題があるから、心配していたのだ。

「…………」

……けど、イクサは今どうしてるんだろう。

街に研究院を作り、自身の趣味である魔道具の収集と研究に没頭している道楽王子。

けど、あの日起こった事件から察するに、きっとそんな呑気《のんき》な身の上ではないということは、なんとなくわかった。

あの溌剌《はつらつ》とした、魔道具を前に天真爛漫《てんしんらんまん》に笑う彼の顔が、脳裏を掠《かす》める。

……むぅ、ちょっと気になるかも。

◇◇◇

その夜も、最早ほぼ毎晩の恒例行事と化しているが、村の広場で宴会が催された。

またしても当主から大量の差し入れがあったのだ。

「うっひょー！　見ろよ、この肉！　こんな脂の乗った肉食うのなんて生まれて初めてだぜ！」

「よぉ、エンティア、美味《うま》いか⁉　お前もよく味わって食えよ！」

熾《おこ》された焚火《たきび》の上で丸焼きにされ、脂を滴らせるジューシーな牛肉を、シュラスコのように切り分けて食している《ベオウルフ》達。

一方、エンティアは焼き上がった別の肉に丸ごとかぶり付き、幸せそうに顔を綻《ほころ》ばせている。

『もっふもっふ、うむぅ、幸せだ。こんなに美味いご馳走《ちそう》にありつけるなら、もっと早くに村に下りて来ていればよかった』

「もう君、神狼《しんろう》の末裔《まつえい》としての自覚完全に忘れてるよね」

エンティアに突っ込む私。

「うふふ、マコ様ぁ」

そこで、背後から何者かにいきなり抱き着かれた。

オルキデアさんだった。

彼女のふくよかな胸が背中に押し付けられ、頭部に咲いた花の甘い匂《にお》いが鼻孔をくすぐる。

「ちょ、オルキデアさん⁉」

「マコ様ぁ、わたくし、なんだかほわほわした気分ですわぁ」

え……オルキデアさん、ちょっと酔ってる⁉

まさか、お酒飲んだの⁉

「ちょっとちょっと、誰《だれ》⁉　オルキデアさんにお酒飲ませたの！」

「おう、マコ！　大変だ！」

千鳥足のオルキデアさんを座らせ大人しくさせたところで、一人の《ベオウルフ》――ウーガが、私に駆け寄って来た。

「あの兄ちゃん、すげぇな！」

「え？　ガライの事？　何かあったの？」

「いや、今よぉ、歓迎の意味も込めて、あの兄ちゃんと酒の飲み比べしてるんだが――」

私は、その飲み比べ勝負の場へと向かう。

そこには、赤い顔をして倒れている何名もの《ベオウルフ》達と、涼しい顔でお酒を飲んでいるガライの姿があった。

「駄目だ！　この人、全然倒れねぇ！」

「よし、次は俺が……」

次から次にガライに勝負を挑んでは、そして倒れていく《ベオウルフ》達。

ガライは一向に、顔色を変えない。

「ガライって、お酒強いんだね」

「……まぁ、嫌いじゃないからな」

次々に挑んできては無残に倒れていく《ベオウルフ》達を見て、申し訳なさそうに髪を掻《か》いているガライ。

「マコ、マコはお酒飲まないの？」

すぐ近くに座っていたマウルが、コップを口元に持っていきながら、そう尋ねてきた。

「マウル……まさか、それお酒じゃないよね？」

「違うよ、木の実のジュース」

よかった。

お酒は二十歳《はたち》になってから！

こうして、アバトクス村の夜は、今日も楽しく騒がしく過ぎていく。

そして明日になれば、また楽しい一日が始まる。

こんな日々が、ずっと続けばいいのに。

私は、そう思っていた……——。

◇◇◇

「……え？」

翌日の事だった。

マウルと一緒にフラワーアレンジメントを作っていた私の元に、「村の入り口に、見た事の無い一団がやって来ている」と、畑仕事中の《ベオウルフ》の一人が報告にやって来た。

他の《ベオウルフ》達をはじめ、私も村の入り口へと向かい、その問題の人物達を目の当たりにする。

「マコ……」

「…………」

足元で、メアラが警戒心を露《あらわ》に私の名前を呼ぶ。

騎士団だった。

しかし、あの市場都市で見た、甲冑《かっちゅう》を着た無骨そうな騎士達とは、似て非なる雰囲気を感じる。

まず、その騎士団の鎧《よろい》は、全《すべ》て漆黒だった。

頭の先から足先まで、闇《やみ》のように黒い鎧で覆われている。

列を組み、無機質に並ぶ姿は、まるで人じゃない者達の集団のように見えて不気味だ。

そしてその鎧の肩や胸元には、厳かな紋章が刻まれている。

後ろの方で旗を掲げている者達もいるが、その旗にも同様の紋章が刺繍《ししゅう》されている。

翼の生えた、猛獣のような紋章。

あの紋章……どこかで見たような……。

「……そうだ」

イクサの着る、研究院の制服にも刺繍されていた紋章。

この国の――国章だ。

「おい、あの旗……」

「まさか、国王軍か？」

「ふざけんなよ、なんでそんな連中がこの村に……」

《ベオウルフ》達の間に動揺が広がる。

その時だった。

漆黒の騎士達の隊列が割れ、その中央に道が作られる。

奥の方に、馬車が見える。

その馬車から降り、こちらへと歩き進んでくるのは――一人の女性だった。

腰元にまで伸びる長い金色の髪と、その頭部を飾る貴金属の髪飾り。

すらりと伸びた足と腕。

纏《まと》う煌《きら》びやかな衣服と、装飾品の数々――鼻筋の通った美しい顔に、細く鋭い目。

見るからに、高貴な立場の存在であるとわかる。

「……ふぅん」

その女性は、騎士団の列の最前までやって来ると、村の中を、半眼で見回す。

「ここが、ねぇ……獣人に相応《ふさわ》しい、みすぼらしくて清潔感も感じられないよくある村じゃない。

本当なの？　あの話は」

「は」

その女性のすぐ後ろに控えていた、黒い騎士の一人が囁《ささや》く。

「今、市場都市を中心に高値で売買されている作物や工芸品の生産地……ウィーブルー家当主が口を割らなかったため、秘かに探ったところ、それがこの村であると判明しました」

「ふぅん」

彼女は、鼻に付く、明らかに見下しているような声音で、そう呟《つぶや》く。

そして、そこで、初めて私達の存在に気付いたようにこちらに視線を向けると、口元に笑みを浮かべた。

「あれが住人？　人間もいるじゃない」

「マコ様……」

そこで、私は背後を振り返る。

そこに、オルキデアさんとフレッサちゃんがいた。

彼女達は、並び立つ騎士達に、恐怖に染まった目を向けている。

フレッサちゃんは怯《おび》えて、オルキデアさんの胸に顔を埋《うず》めている。

「どうしたの？　二人とも……」

「この方々です……」

オルキデアさんが、震える声で言う。

「忘れてはいません……わたくし達の国を侵略した……黒い姿の騎士団……人間の方々……」

「………」

私は再度、前を見る。

件《くだん》の女性は、依然として見下すような目で私を見ている。

「……失礼ですが、この村に何か御用でしょうか」

「あははっ、御用？　御用ですって」

不愉快な笑い声だが、私は表情を崩さないし心も乱さない。

営業モード発動である。

「ええ、御用があって来たのよ。はじめまして、私はグロウガ王国第三位王位継承権所持者──第三王子、アンティミシュカ・アンテロープ・グロウガ。そして、この者達は私の配下の王権騎士団よ」

女性はそう名乗った。

悪意に染まった顔……いや、逆に、悪意なんてもの微塵《みじん》も抱いていないような顔で、おぞましい事を口走る。

「あなた達の村、せっかくだから私達人間のために有効活用しようと思って来たの。この土地から、出て行ってくれるかしら？」


第三王子、アンティミシュカ・アンテロープ・グロウガ。

そう名乗った彼女は、端的に言った。

『この土地を寄越《よこ》せ』と。

彼女が率いる王権騎士団を見て、怯えるオルキデアさんとフレッサちゃんを、私は横目で一瞥《いちべつ》する。

彼女達アルラウネの住処《すみか》を侵略し、奪った者達。

征服者が、この村とそこから生まれる利益をもらうと言ってきたのだ。

「これだけの利益をもたらす場所を、獣人に独占させておくなんて勿体《もったい》ないわ」

アンティミシュカは、袖《そで》から豪奢《ごうしゃ》な意匠の扇……鉄扇を取り出し、広げ、優雅に煽《あお》ぎながら言う。

「我々人間が有効活用させてもらうと言っているの、わかるでしょ？」

「……はい」

私は一歩前に出る。

村のみんなよりも一歩前に立ち、この場所の代表として彼女と対応する構えを取る。

なんとなく……その方が良いと思ったからだ。

今現在、《ベオウルフ》達から発散される、重苦しい憎悪の気配を鑑みるに。

「おっしゃる事はわかります。しかし、有効活用という点が少々気になりまして」

「なに、あなた？」

アンティミシュカは目を細める。

まぁ、この獣人の村に人間の女が一人いるのは、今更だけど異様な光景だろう。

しかも、その人間がまるで村の代表のように振舞っているとなれば、怪しむのも当然だ。

「申し遅れました、私は、理由《わけ》あってこの村に住まわせていただいている人間のマコと申します」

「あっそう。で？　なに？　何か文句があるの？」

彼女は大して興味が無さそうにそう続ける。

「文句というより、進言です」

「進言？」

「先程、この村が利益を生み出す土地であるとして、人間で有効活用する……とおっしゃっていましたが、もしも我々を追い出し、後から来る者達で同様の産業を行うのでしたら、それは不可能であるとお伝えさせていただきます」

私の言葉に、アンティミシュカは眉間《みけん》に皺《しわ》を寄せ、鼻白む。

「この村の作物は、ここにいるみんながいるから作れたものです」

私が《土壌調査》と《液肥》を使い、大地を甦《よみがえ》らせ。

《ベオウルフ》のみんなが、一生懸命野菜を育て。

オルキデアさんとフレッサちゃんが、その植物達に力を与えてくれた。

寄せ植えや木彫りは、マウルやメアラ、ガライ達の真心が込められた特産品だ。

「土地だけを渡したところで、意味はありません」

「……ふふっ、あなた、何か勘違いしているようね」

そこで、アンティミシュカは嗤《わら》う。

「別に、そんなものはどうでもいいのよ。得ようが得まいが、どっちでもいい権益。私にとって重要なのは、ここがまだ〝生きている〟土地だということ」

「……？」

生きている？　どういうこと？

「今まで、私の率いる王権騎士団は、様々な種族から、その暮らしていた土地を〝提供〟してもらい、その大地の力を利用してきたわ。さっき、あなたの言ったような単純な利益もそうだけど……それも活用に値しなかったり、消耗し劣化が見えてきた時には、大地の力を奪ってきた」

「大地の……力」

「要は、魔力よ。まぁ、魔法とは縁のないあなたに言ってもピンと来ないでしょうけど」

……いや、魔法とは縁がありまくりなんだけどね。

それはともかく、アンティミシュカは続ける。

「魔力とは、そもそも自然界に存在する力。その大いなる力を身に宿し、操る事の出来る選ばれた血族こそが王族。その王族に連なる者達による魔力の研究により、自然界に存在する魔力を奪い、活用する方法が今順調に実用化に向かっているの」

まるで、自身達の功績を称《たた》えるように。

「その奪った魔力は、人間達の生活を豊かにしたり、もしくは他国との争いの際の魔力兵器の運用に利用されるわ。本来魔力を持たないはずの我が国の兵や騎士が、魔力を宿した武器を湯水のように使い、他国に対して圧倒的な武力を見せつけられる。爽快《そうかい》でしょう?」

私の頭の中に描いたイメージは、魔力が弾丸か爆薬のように放たれ、敵国の村や町が消し飛ばされていく光景だった。

「それもすべて、この国の……グロウガ王国のため。我が父、グロウガ国王の覇を、世界に轟《とどろ》かせるための偉大なる貢献」

両腕を広げて大仰に、アンティミシュカは高らかに言う。

「そしてこの私が……他の誰《だれ》でもない、このアンティミシュカが、お父様の意思を継ぎ次代の国王となる。そのための大いなる活動よ」

「お話は、よくわかりました」

ぺこりと、私は頭を下げる。

内心は冷静に……いや、もう冷徹に徹し、機械的に言葉を紡ぐ。

「しかし、申し訳ございません。その思想はいささか、私達には受け入れ難いものです」

「そうだ！　ふざけるな！」

そこに来て、今まで黙って話を聞いていた《ベオウルフ》達も、抗議の声を上げ始めた。

いや、逆によくここまで我慢出来てたと、そう素直に思うよ。

「山の野生の動物が、どんどん凶暴化しているのも、お前らが片っ端から大地を汚してるからじゃないのか！」

『姉御《あねご》、我が以前食べて腹を壊した、見たこともない木の実。あれはこいつらが大地から力を奪ったせいで発生したんじゃないのか？』

いつの間にかやって来ていたエンティアも、そう私に叫ぶ。

確かに……ありうる。

大地が汚れて正常な植物が育たなくなり、変種や奇怪種が生まれてしまった。

エンティアは助かったが、そんな環境で、そんな食べ物を食べて生きている野生動物はおかしくなり、生態系の崩壊に繋《つな》がっていく。

きっと、人間の……いや、このアンティミシュカの掲げる思想の私利私欲が、そういう災害を招いている可能性が高い。

「……ふぅ」

しかし、そんなみんなの主張に対して、アンティミシュカはくだらなそうに嘆息する。

「まったく、だからこそ他国への侵略が必要なんでしょ？　失った分は、また補充すればいい。更なる利益も奪えて一石二鳥じゃない」

それと――と、彼女は微笑《ほほえ》みを浮かべる。

「あなた達の抱く不満に関しては、私もきちんと考えているわ」

その言葉に、《ベオウルフ》達はざわめく。

「確かに我々人間が繁栄する一方で、獣人や魔族等の別種族は僻地《へきち》へと追いやられている。でも中には、こうして生産能力のある価値ある種族もいる」

アンティミシュカは言う。

「そこで、私は素晴らしい案を考えているの。獣人達、人間以外の種族の〝保護〟を目的とした区域の設立よ。人間が監視し、思想や繁殖も制限、無暗《むやみ》な種の膨張を防ぐの」

それはひょっとしてギャグで言っているのか？

なんだ、そのディストピアは。

まるで動物園……いや、奴隷《どれい》工場だ。

保護するなんて体のいいこと言って、結局人間にとって都合のいいように利用するだけじゃないか。

「優秀な種のみを残し、人に利益をもたらすよう労働の教育も行う。どう？　良い考えでしょう？」

「わかりました」

私は言う。

「お帰りください」

もう、聞くに堪えない。

「本日は、冷静にお話し出来るような状況ではないと思います。こちらも、そちら側の主張をよく咀嚼《そしゃく》し、理解させていただくのに時間が必要だと思われますので、後日、日を改めてお会いするという形で——」

「はぁぁぁぁ……」

深い深い、不愉快そうな溜息《ためいき》。

頭を下げた私の頭頂部に、畳んだ鉄扇の先端を押し付け、アンティミシュカは言う。

「あなた、〝ここ〟は大丈夫？」

「………」

「あなた達の意見など聞いていないわ。さっき名乗ったわよね？　私の後ろにいるのは、王権騎士団よ」

漆黒の鎧《よろい》を纏《まと》った騎士達が、槍《やり》を、剣を、武器を構え、臨戦態勢を取る。

その威圧感は、そこに存在されるだけで空気が震えるほどだ。

「このまま、黙って従っていればいいのよ」

瞬間、アンティミシュカが、私の髪を掴《つか》んだのがわかった。

頭皮が引っ張られる感覚と、耳元で囁かれる、怒気を孕《はら》んだ声。

「私が、あんた達みたいな、下等種と同じ目線で悠長に対話する必要がどこにあると思っているの」

「………」

我慢だ。

私は心の中でそう呟く。

接客業をやっていれば、激昂《げきこう》したお客さんに髪を掴まれる事も何度かあった。

それ自体は問題じゃない。問題は、今の相手が王族だという事。

ヘタな真似《まね》をするわけには、いかない。

「ま、マコ！　……」

そこで、私の足元にマウルが駆け寄ってきた。

おそらく、心配して居ても立ってもいられず来てくれたのだろう。

先程まで作っていたフラワーアレンジメントを片手に、私の服の裾《すそ》を掴む。

「……あら？」

そこで、アンティミシュカがマウルを見据え、彼が手に持つフラワーアレンジメントに気付く。

「へぇ？　それ、あなた達の手作りだったのね。実はね、ここに来る前に、街で出回っていたものを一つ見掛けて、かわいらしかったから、私も欲しいと思ったのよね」

「え？　……あ、あの……」

その発言の意図が読めず、マウルがそのフラワーアレンジメントを、アンティミシュカに差し出す。

アンティミシュカの足が、そのマウルの手元を蹴《け》り飛ばした。

フラワーアレンジメントが地面に落ち、草花と土がぶちまけられる。

マウルは悲鳴を上げ、顔から地面に倒れた。

「でも、急に興味が無くなったわ。こんな薄汚いケモノの小僧が作ったものなんて」

――ブチッと。

――切れたのは、私の頭の配線だったのか、掴まれていた髪だったのか。

「……は？」

私は、私の髪を掴んでいたアンティミシュカの腕……その手首を握る。

「何――、ッ」

反応しようとしたアンティミシュカだったが、私の握力に表情を歪《ゆが》め、慌てて腕を振りほどいた。

「お帰りください」

私は言う。

マウルを立たせ、後ろに下がっているように指示し。

「こちらとしては、その意思を変えるつもりはありません」

「………………」

私に掴まれた手首を押さえながら、アンティミシュカは眉間に皺を寄せる。

「それと……私如《ごと》きが言える身分ではないと重々承知ではありますが……王族という、民の上に立ち、国を導き、人々に幸福を与えなくてはならない立場の人が、こんな小さな子供に暴力を働かないでください」

私は至近距離で、アンティミシュカの目をまっすぐ見据えた。

「獣人だとか関係ありません。貴方《あなた》の偉大なる御《お》父上は、そんな当然のことも教えてはくれなかったのですか？」

「ッツ！」

刹那《せつな》、激昂したアンティミシュカが、その手にした鉄扇で、私の頬《ほお》を殴った。

目の前に火花が散る。

「貴様如きが我が父を気安く語るな、この底辺のカスが！」

私の拳《こぶし》が彼女の腹に突き刺さっていたのは直後だった。

「ごっ――」

「へらへらした顔で子供を足蹴《あしげ》にするような奴《やつ》が偉そうな口を利くな！」

その瞬間、全《すべ》てが動いた。

私に殴られた腹部を押さえ、蹲《うずくま》るアンティミシュカ。

その向こうで、主《あるじ》を攻撃されたと判断した騎士達が動く。

槍を構えた騎士が数名、私を貫かんとその穂先を突《つ》いてきた。

私は即座に《錬金》を発動。

錬成したのは、太さ十ミリメートル、長さ五メートルほどの、細く長く、そして無骨な鉄の長棒
――〝鉄筋〟だ。

以前錬成した〝単管パイプ〟と違い、この建材は振るうと撓《しな》る。

その上硬く、断面は鋭い。

建築現場では不注意から皮膚を切ったり、時には体を貫通するなどの重大事故にも繋がる、取り扱い厳重注意の金属部材だ。

横薙《よこな》ぎに振るわれた〝鉄筋〟は、鞭《むち》のように空中を駆け抜け、迫り来る槍の群れを弾《はじ》き飛ばした。

「殺せぇっ！」

瞬時に立ち上がったアンティミシュカが、怒号の如く叫ぶ。

突如の現象に驚く騎士達の中から、一人が私に向かって剣を振り上げ切りかかって来た。

いい、来るなら来い、覚悟は決めた、とことんやってやる。

ヒートアップした脳でそう考える私の面前に、大きな黒い影が立《た》ち塞《ふさ》がった。

「！」

その影は、迫る騎士の剣を、自身の手で掴む。

そしてもう片方の手で拳を握ると、兜《かぶと》で覆われた騎士の顔面に叩《たた》き込《こ》んだ。

重低音を響かせて、騎士は後方に控えていた仲間達をも巻き込んで吹っ飛ぶ。

「ガライ……」

ガライだった。

私の前に立ち……まるで、私を守るように腕を伸ばし、ガライは騎士達を睥睨《へいげい》する。

「……ごめん、冷静さを欠いてた」

「いや、問題ない」

今更ながら、自分の行動を恥じる私に、ガライは言う。

「俺や《ベオウルフ》《あいつら》よりも先に、あんたが手を出しただけの話だ」

「………」

私は振り返り、フレッサちゃんとオルキデアさん、メアラに介抱されているマウルの姿を見る。

「なによ、あいつは」

一方、アンティミシュカは、突如登場したガライを睨《にら》む。

「奴は……まさか」

そこで、一人の騎士が呟《つぶや》いた。

最初、アンティミシュカの後ろに控えていた騎士だ。

「知ってるの?」

「……あの男、〝暗部〟に身を置いていた者です」

〝暗部〟?

その言葉に、アンティミシュカも眉《まゆ》を顰《ひそ》めている。

「国の上層も処理に困るような、あらゆる汚れ仕事を請け負う裏側の組織……通称、闇《やみ》ギルド」

その騎士は、ガライを指さして言う。

「奴は、その構成員の一人です」

私はガライを見る。

彼は微動だにせず、ただ前を見据えている。

「闇ギルドは……諜報《ちょうほう》、ゴタ消し、そして暗殺……国の上層から降りる、あらゆる汚れ仕事を請け負ってきた、裏の世界でも有名なギルド……奴はそのギルドの中でも突出した存在として、一部では名の知れた者でした。いや、最早、伝説とも言われていた」

「………………」

その騎士は、完全にガライの顔を知っているような口ぶりで、言葉を続ける。

「古代遺跡に封印されていた邪竜を、その土地を管理する貴族の不手際により復活させてしまった事件がありました。奴はその討伐を単独で……噂《うわさ》によれば、素手のみで達成したと言われています」

……なんか、今凄《すご》いエピソードが飛び出さなかった？

アンティミシュカもその話に、「なによ……そのお伽噺《とぎばなし》は」と怪訝《けげん》な表情で反応する。

「ドラゴンの討伐なんて、冒険者ギルドでもSランクに認定してる任務難易度じゃない。冒険者が複数人でパーティを組んで、十分な装備と兵器を備えて行うものでしょ？」

「だから伝説なのです。決して表沙汰《おもてざた》には出来ませんが……」

「……尾ひれが付き過ぎだ」

そこで、今まで黙って聞いていたガライが口を開いた。

髪を掻《か》きながら、言われた与太話を訂正する。

「その時にはサポートで十人ほど仲間がいた。色々と小細工を使って勝率を上げるためにな。まぁ……」

鋭い双眸《そうぼう》で、ガライは眼前の騎士達を見据える。

「ドラゴンにとどめを刺したのが、この腕だっていうのは否定しないが」

……ひゃー、威圧感が凄い。

そのガライの言葉に、騎士達は流石《さすが》にたじろいでいる。

どこまでが真実かはわからないが、ガライ……どうやら、途轍《とてつ》もない人物だったようだ。

でも、確かにそう言われても納得しちゃうような説得力があるんだよね、ガライには。ここ数日、一緒に生活したからわかるんだけど。

「お前も、俺に関して随分詳しいな」

ガライは、アンティミシュカの後ろに控え、解説を行っていた騎士に水を向ける。

その騎士も、甲冑《かっちゅう》で顔を隠したままではあるが、ガライと視線をぶつけ合わせているのがわかる。

「その口振りから察するに……少なからず、お前も〝暗部〟に関わっていたのか？」

「ああ、お前の噂なら嫌というほど聞いていたよ……ガライ・クィロン」

ガライの言葉に、騎士が答え返した——そこで、だった。

『姉御《あねご》、我も戦うぞ』

私の横に、エンティアが進み出て来た。

白い毛並みの巨体を沈め、四本の脚をいつでもバネ仕掛けのように解放出来るよう構えている。

牙《きば》を剥《む》いた口元から、唸《うな》り声を発しながら。

『久しぶりに、神狼の末裔《まつえい》としての力を不届き者共に思い知らせてやろう』

エンティアの放つ気配に、騎士達も反応をする。

このファンタジー世界で戦う騎士達だ。

きっと、多くのモンスターと対峙《たいじ》してきた経験だってあるはず。

彼等《かれら》も、エンティアがただの狼や、ただのモンスターとは違う……神狼の末裔という、一線を画した存在であると肌で感じたのだろう。

「おうおうおう！　俺達を忘れてもらっちゃ困るぜ！」

「ここは俺達《ベオウルフ》の住む村、アバトクス村だ！」

「マコ！　俺達だって、自分の暮らす土地は！　自分達で守るぜ！」

更に、《ベオウルフ》達も、手にした農具を構えて声を上げだす。

「正直前までだったらよぉ！　こんな不毛な土地、大して思い入れも無かったけどよぉ！」

「ああ！　出てけっつわれたら、大人しく従ってたかもだが！」

「今はもう、俺達にとっては簡単に手放せねぇもんになっちまったんだ！　マコのおかげでな！」

「……みんな」

《ベオウルフ》達の熱い言葉に、ちょっとウルッと来ちゃった。

「……だから？」

だが。

そんな光景を前にしても、アンティミシュカは怯《ひる》まない。

「だから何？　あんた達数十人程度が抵抗したところで、嫌だ嫌だって駄々をこねたところで、それが何だっていうの？」

私に殴られた腹部の痛みは、もう大丈夫なのだろうか。

その顔に、再び傲岸不遜《ごうがんふそん》な表情を湛《たた》え、彼女は吐き捨てるように言う。

「私は第三王子、アンティミシュカ・アンテロープ・グロウガ！　王子！　王子！　王の子よ！

王族に逆らうという事は、この国に逆らう事と同義！　私達をここで追い返せば、それですべてめでたしめでたしだと思ってるわけ⁉　この単細胞共！」

どんどん口汚い言葉を連ねていくアンティミシュカ。

この人、本当に王族？　ってくらい罵倒《ばとう》語のレパートリーが凄い。

「私が動かせる兵力は、こんなものじゃない！　なんなら何千、何万の兵を率いて、私の全力を注いであんた達を攻撃出来る！　そして一度逆らったなら、徹底的に指名手配してこの世のどこにも居場所を無くしてやる事だって出来る！」

「…………」

「逃げ場も失い、後は磨《す》り潰《つぶ》されるだけ！　……どう、少しは自分達の立場ってものがわかったかしら？」

先程までヒートアップしていた《ベオウルフ》達も、流石に黙り込む。

うん、これは逆に良い状態だ。

みんな、冷静に現状を飲み込んでくれた。

アンティミシュカの言い分は、もっともだ。

ここは王国、王の国。

王族に逆らえば、国に逆らったと見做《みな》され、それこそ単純な「立ち退《の》け、立ち退かない」問題じゃなくなってしまう。

あくまでも冷静に、この状況に対処しなくてはならない。

一方、クールダウンした私達の姿を見て、アンティミシュカは満足したようにほくそ笑む。

「あはは、本気で逆らえると、勝てると思ったの？　何の後ろ盾も無い、無力な、あんた達如《ごと》きが

――」

「なら、こういうのはどうかな？」

不意に。

聞き覚えのある声が、その場に響いた。

対峙《たいじ》する私達とアンティミシュカの騎士団。

その、ちょうど中心……私とアンティミシュカの間に、歩み寄って来たのは――。

「第七王子、イクサ・レイブン・グロウガが、王族の権限により、この村への一切の手出しを禁ずると、そう言ったなら？」

……心臓が跳び上がった。

耳に掛かる程度の金髪に、相変わらずの甘いマスク。

魔法研究院の制服を纏《まと》い、肩から掛けているのはあらゆる物を収納する魔道具の鞄《かばん》。

その後ろに、黒い背広に似た衣服をスタイリッシュに着こなす美女――スアロさんを従え。

「……イクサ？」

「やぁ、マコ。久しぶり、元気にしてたかい？」

イクサは、私達の前まで来ると、そう軽快な表情と声で言った。

「イクサ……!?」

一方、突如現れたイクサに、アンティミシュカも愕然《がくぜん》としている。

「イクサ王子!?　馬鹿な、何故《なぜ》ここに！」

アンティミシュカの後ろの騎士の人……今更だが、この人がこの騎士団の団長なのだろうか？

……も、同じようにリアクションをしている。

「あんた……何のつもり？」

「今言ったじゃないか。この村は、僕にとっても少々縁のある大切な村でね。色々と興味深いんだ」

イクサは村中を……そして、私を見る。

「だから、王族の勝手な目的で消すわけにはいかない。逆に保護するべきだと、そう思ってね」

「あんた……自分がどれだけお父様の事を侮辱していたか、もう忘れたの？」

アンティミシュカの目が、一層鋭くなる。

イクサに対しては、人一倍以上に憎悪を滾《たぎ》らせているようだ。

「『獣人も人間も平等に生きるべきだ』なんてお父様に反旗を翻すような事を言い、挙句王子としての役務を投げ出して、王都を離れて気儘《きまま》に道楽三昧《ざんまい》……あんたみたいな奴《やつ》を、王子と認めるわけ――」

「そう、僕は『獣人も人間も平等に生きるべきだ』なんて父上に反旗を翻すような事を言い、挙句王子としての役務を投げ出して、王都を離れて気儘に道楽三昧……にも拘《かかわ》らず」

イクサは殺気を迸《ほとばし》らせるアンティミシュカに対しても、何一つ臆《おく》する事無く平然と言い放つ。

「いまだ、国王は僕から第七王子の称号を奪ってはいない」

「……ッ！」

「アンティミシュカ、何ならこの場で〝宣誓〟してもいいよ。今まで、僕は随分と呑気《のんき》にさせてもらってきたけど……時に、他の王子から嫌がらせを受ける事もあってね、ほとほと腹が立っていたんだ。だから決心した」

イクサは言う。

「これからは、本格的に王位継承権争いに参戦させてもらうよ」

「……！」

「アンティミシュカ様、お気持ちは察しますが、これはまずい状況です」

表情を引きつらせ、歯を食い縛るアンティミシュカに、背後の騎士団長が早口に告げる。

「イクサ王子の後ろ盾は少なくありません……市場都市を中心に活動する商家や、各地で活動する魔法研究院は、イクサ王子の息がかかった者達です」

「……わかってる」

「それに……王子の背後に控える彼女は、スアロ・スクナ……王家剣術指南役を担うスクナ一族の中でも、随一の天才と称された人物。容易《たやす》くは――」

「わかってるって言ってるでしょッ！」

アンティミシュカは声を荒らげる。

騎士団長の人、めっちゃ解説してくれるじゃん。実は親切な人なのかな？

それはさておき、今この場、何気に凄いメンツが集まっているようだ。

イクサ、スアロさん、ガライ、エンティア。

肩書や功績や、当人自身の放つオーラとかで、それを知る人達を圧倒している。

幸運な事に、みんな、私達の味方だ。

「……よぉく、わかったわ」

数瞬の睨み合い、沈黙。

その果てに、アンティミシュカはその場に背を向けた。

このまま、黙って立ち去ってくれるのだろうか……。

「……イクサ、あんたの〝宣誓〟……宣戦布告、受けてやるわ」

……いや、やっぱりそんな簡単にはいかなかった。

アンティミシュカは、怒気を孕《はら》んだ眼《め》を向けて、怒りに震える声で言う。

「あんたが守りたいっていうこの村を、私の全勢力で攻撃する」

手にした鉄扇を、イクサに、そして私に向け。

「あんたも、この村のゴミ共も、その女も、仲良く全員、体も心も徹底的に砕いて、泥になるまで踏《ふ》み躙《にじ》ってやるから覚悟しなさい。あれだけの大言をほざいた以上、逃げるなんてマネしないわよね？」

「……ああ、覚悟は決めた」

イクサが言うと、アンティミシュカはその口元を吊《つ》り上《あ》げて怪しく笑う。

そして、彼女と騎士団は、村から撤退していった。

「イクサ……」

「……改めて、久しぶりだね、マコ」

私はイクサを振り向く。

彼の言う通り、随分久しぶりの再会だ。

まさか、こんな形でとは思ってもいなかったけど。

「どうして、ここに？」

「いや、実はその、なんだ……」

率直な疑問を口にした私に、イクサは言《い》い淀《よど》みながら言葉を探す。

「……君がこの村にいるという事は、実は随分前から知ってたんだ」

「え？」

「それに関しては、この後話すよ」

そこでイクサは深呼吸をすると、村の中を見回す。

「さて、ここからが大変だよ」

◇◇◇

アンティミシュカと彼女の王権騎士団が去った後――村の中はピリついた空気に支配されている。

まぁ、当然だろう。

「マコ、君がこの村にいる事は随分前から知っていたと、僕はさっきそう言ったね」

村の外れ。

私とガライが先日作った新居の前――そこに、これもまた私とガライがＤＩＹで作った木製のテーブルとベンチが設置されている。

晴れた日に、みんなでご飯を外で食べるために作ったものだ。

私とイクサは二人きりにしてもらい、そこで話をしている。

「うん」

「本当はね、もっと早く、僕はこの村を訪れようと思っていたんだ」

「…………」

「ああ、大丈夫だよ。ウィーブルー家当主が密告したわけじゃない。僕独自の調べさ。彼は信頼に値する男だよ」

黙り込んだ私に対し、イクサはフォローするようにそう言った。

それを聞いて、私は安心する。

「そっか……まぁでも、よくよく考えてみればそりゃそうだよね」

「うん？」

首を傾《かし》げるイクサ。

「イクサは王族だし、権力もある。私が《ベオウルフ》達と一緒に居た姿も、あの日見られてたわけだし、手掛かりは残ってたんだもんね」

「うん、あの市場都市内でも聞き込みをさせて、以前から市場を利用していた《ベオウルフ》がどこの地域から来ているのか調べていたんだ」

そして、この村の存在を突き止めたと。

いやぁ、私の考えの方が甘かったか。

「でも、そうだとしたら、なんで今日までこの村に来なかったの？」

「本当ならすぐにでも君に会いに行きたかったんだけどね、スアロに止められていたんだよ」

こうやってね――と、イクサは羽交い絞めするようなジェスチャーをする。

ありがとう、スアロさん。

彼女がイクサのストッパー役で良かった。

「そう簡単に接触してはならない、様子を見るべきだって……彼女は慎重だから、得体の知れない君の事を、どこか危険視しているきらいがあるんだ」

まぁ、市場都市であんな大騒ぎを起こした直後が別れの挨拶《あいさつ》だったからね。

そう思われても、仕方がないか。

「本心を言えば、即刻君に会ってその魔法の内容や素性の調査、何よりもっと魔道具を提供してもらって色々と研究をしたかったんだけどね」

「あははっ、相変わらずだね、イクサは」

私は笑ってしまった。

そんな私に、イクサは微笑を浮かべると——。

「実はね、一度だけこの村のすぐ近くまで来たんだ」

「え？」

気付かなかった。

いつ頃、来たんだろう？

「で、君がこの村で《ベオウルフ》達と長閑《のどか》に暮らしている姿を見て……声を掛けるのを止《や》めた」

「…………」

「僕が関わっちゃいけないと思ったんだ」

……そうだったんだ。

「ありがとう、イクサ。私の事、考えてくれてたんだ。ごめんね、なのに私、自分の居場所がイクサにバレないようにする事ばかり考えて」

「いいさ。むしろ、それで丸く収まってたわけだし。それに、その時は諦《あきら》めただけで、何かの切っ掛けを作って君と再会を果たせるよう、色々と作戦を考えていたからね」

言って、ニッと笑うイクサ。

前言撤回、この子はチャッカリしている。

そこで、私はイクサの言葉から、どうして今日彼がここに来たのか気付いた。

「そっか、だから……」

「そう。アンティミシュカがこの村に向かっているという情報を掴《つか》んでいたからね、君には申し訳ないが、居ても立ってもいられなくなってやって来たというわけさ」

イクサは、真剣な表情になる。

空を見上げ、眉間《みけん》に皺《しわ》を寄せる。

「アンティミシュカは、自分が王族である事に固執している」

「……」

「彼女は、少し出生に問題があってね。まぁ、そんなことを言えば僕もなんだが……うーん……」

イクサは言いながら腕組みをする。

どこから話せばいいんだろう？　……というような表情だ。

「イクサ。要点だけでいいよ。今重要なことだけ話して」

「了解したよ。まぁ、簡単に言うとね、アンティミシュカは国王のためならなんでもするって事だ」

彼女の父親にして、イクサの父親でもある、このグロウガ王国の国王。

一体、どのような人物なのか全容は知らないが……以前からの情報から鑑みるに、あまり良い印象は受けない。

「少し、長話になるけどいいかな？」

「どうぞどうぞ」

「この国には現在、全部で六十一人の王子がいて、後継の座を争っている」

いきなり、すげー設定が判明した。

英雄色を好むとか聞くし、王は世継ぎを多く残さなくちゃいけないからわかるけど、この数字って結構多い方じゃないのかな？

「僕の『第七』や、アンティミシュカの『第三』……この頭の数字は、別に生まれた順番を表すものじゃないんだ。あくまでも後継優先順位。王子達の功績や能力が考慮され、この数字は定期的な更新によって上下する」

なるほど、ランキング制なのか。

「ちなみに、アンティミシュカのように女性の王位継承権者も多くいるが、便宜的に全《すべ》ての王女も王の子……王子と呼ばれているんだ」

「へぇ。でも、だとすると……王族同士で結構血みどろの争いになってるんじゃないの？」

「ああ、お察しの通りさ。それこそが国王の狙《ねら》いなんだよ」

今のイクサの表情には、険が詰まっている。

口調こそ柔らかいが、彼が国王に対して良い印象を抱いていないのがよくわかる。

「国王は争いを望んでる。争いの中でこそ優秀な種が生き延び、更なる成長を促し、新しい領域への進歩を起こす……そうして、この国は更なる発展を遂げていくと思っているんだ。獣人の差別に始まり、各地の侵略も、彼はそれも進歩の一環と受け入れている」

……言っている事はわかる。

確かに、戦争が文明や科学を著しく発展させるなんていう話はよく聞く。

けど、その戦火に巻き込まれた方からしたら堪《たま》ったものではない。

「その次期王座争奪レースは、いつになったら決着するの？」

「現国王が崩御するか、もしくは彼が認めた時点で第一王子の称号を持つ者が、次期の王となる
……そして、アンティミシュカは現国王を崇拝している。彼女は自分こそが彼の跡継ぎに相応《ふさわ》しいと、『争ってこそ』という彼の思想を極端に受け入れ、獣人の排斥や武力の増強、他国への侵攻を

精力的に進めているというわけさ」

そこで、人の気配を感じ取り、イクサが前を向く。

「イクサ王子」

そこに、スアロさんが立っていた。

均整の取れた体付きの美女は、腰に携えた剣の柄《つか》に手を置きながら、イクサに報告する。

彼女は先程、エンティアと一緒に素早く偵察に行っていたのだ。

「山を一つ挟んだ平原にて、アンティミシュカ王子の軍が陣を張っています。おそらく、近場から呼び寄せられる自軍にも応援を要請しているでしょう。完全に攻撃の構えを取り、きっと今夜にでもこの村を襲う姿勢かと」

「……本気も本気だね」

たかが村一つを襲うのに、過剰なほどの戦力を集めている。

だが、彼女のあの幼稚で高飛車で、そしてヒステリックな性格を考えれば想像出来る事態だ。

やるしかない、という事だろう。

「僕の言葉で、彼女も完全にスイッチが入った。この村を完全に潰《つぶ》す気だ。そしてその功績を手土産に、王の僕に対する評価を落とす気だろう」

「…………」

そういえば、少し気になる点がある。

イクサは、王位争奪戦には興味の無い、王族の権威と財力を好き勝手に使って遊び歩いている道楽王子……という評価のはずだ。

なのに、六十一人もいる王子達の中で、七番目のランクにいるのだ。

……何か、事情があるのかな？

と、頭の端っこで考えていた私に、イクサが振り向く。

「ここから、この村は戦場になる可能性が高い。僕も既に、秘密裏に整えていた戦力を稼働させようと考えている。君や村人達は、早急に避難を進めて欲しい」

「………」

そうか、イクサの狙いがわかった。

彼は本来なら、この村の住人対アンティミシュカの騎士団という抗争関係になるところを、自分との戦いという形に誘導し、どういう結果であれ私達を守ろうとしてくれているのだ。

「あのさ……イクサ」

「うん？　どうしたんだい？」

「いや、ちょっと考えたんだけど……ほら、この村の土地って、結局私が魔法で生み出す《液肥》がないと作物もまともに育てられない枯れた土地なんだよね。だから、ここから私がいなくなったら何も意味が無いって、そう説明すればアンティミシュカにも……――あ、ううん、違うか」

それで丸く収まれば……と、心の中でちょっと思ったのだが、話している途中で私は気付いた。

イクサも察して頷《うなず》く。

「ああ、もしそうなったら、次に狙《ねら》われるのは君だ。先程、君は彼女達の前で魔法の力を見せた。向こうも頭に血が上っていて気に留めていなかったろうけど、本来王族しか持たないはずの魔法の力を持つ君は異端だ。興味を持ち、君を捕縛しようとするだろう。それこそ、国王への貢ぎ物にでもするんじゃないかな？」

「まさか、私にそこまでの価値は無いよ」

「そうかい？　僕は十分な容姿だと思うけど。もしくは、面白がって実験動物か、ペットにでもされるかもね。彼女の性格なら」

「そっか……前のイクサと一緒だね」

「いやいや、僕はそこまで酷《ひど》いマネをする気なんてなかったよ。心外だなぁ」

そうして、私とイクサは互いに笑う。

真面目《まじめ》なスアロさんからしたら、なんて緊張感の無い二人だと思われたかもしれないな、すいません。

私は改めて、真剣な表情になる。

「イクサ、気持ちは嬉《うれ》しいけど、ここは私達に任せてもらえないかな？」

今回の王族の来訪は、ひとえにこの村の存在が大きくなり過ぎたのが原因だろう。目立ち過ぎた、という事だ。

でも、だからと言って、獣人は獣人らしくひっそりと、大人しく周囲の目を気にして生きるなんて、そんな風にマイナスの方向へ向かわせたくはない。

みんなが楽しく生きられる方向に行きたい。

なら、今後同様の問題が起こった時にも、この村の力だけで即座に対応出来るような、そんな力をつけておきたい。

そのためのアイデアは、幾つか既に考えている。

『話は済んだか？　姉御《あねご》』

そこに、みんなが集まってくる。

エンティア、ガライ、オルキデアさんにフレッサちゃん。

《ベオウルフ》のみんな。

「マウル、顔は大丈夫？」

「平気だよ。もう痛くないから」

メアラと一緒に、顔に湿布を貼ったマウルがやって来る。

アンティミシュカに蹴《け》られた後、倒れた際に顔を打っていたのだ。

メアラはマウルを心配そうに見た後、キッと私に目線を向ける。

「マコ、俺、あいつらと戦うよ。絶対に許さない」

「無論、俺達もだぜ！」

「獣人の意地、見せてやんよぉ！」

うおおお、と盛り上がる一同。

「マコ……時間が経《た》つにつれ、奴等《やつら》の戦力は充実されていく。やるなら早急に叩《たた》くしかない」

ガライが、低く冷静な声で私に言う。

「俺の命はあんたに預けた。何をすべきか、言ってくれ」

「ありがとう。ガライ」

私はイクサを振り返る。

「イクサも、もし私の計画に乗ってくれるなら、乗って欲しい」

「……了解した。まずは、君のアイデアを優先しよう」

そして、改めて、みんなの方を見る。

「私の気持ちは決まってるよ。明日も明後日《あさって》も、これから先もずっと、この村でみんなと、楽しく過ごしていきたい。まだまだ、やりたい事もいっぱいあるしね。だから、こんな程度の問題でくじけるわけにはいかない。そうだよね？」

みんなが声を上げる。

よし、心は一つだ。

「戦って、勝とう。大丈夫。私達にはイクサ王子もついてるんだから、困ったら全部イクサに任せちゃおう」

「おいおい、まぁ、別にいいけどね」

そして私は、みんなに計画を説明する。

私の持つすべての力と、みんなの持つすべての力を組み合わせた作戦を。

イクサに、私が《錬金》以外にも複数の力を持っていると知られると、また色々質問攻めが開始されるかなと心配だったけど、そこは彼も流石《さすが》に空気を読んで好奇心を抑えてくれていた。

そう、今が勝機なんだ。

アンティミシュカは、きっとこちらを舐《な》めている。

圧倒的な兵力でこの村を潰そうと、陣を張り、戦力の増強を待っている。

今が、彼女達を打ち倒して制圧し、そしてこの戦に勝利出来る、好機だ。

全く心配は無い。

新店オープンのスタッフに任命されて、他の社員達がハードスケジュールに耐えられずガンガン病院に搬送されていく中、最後まで生き残ってグランドオープンに間に合わせる事が出来た私だ、全然大丈夫。

それにあの時とは違い、頼もしい仲間もいる。

やってやろう。

何度も苦難に襲われて、何度も運命に翻弄《ほんろう》されて、何度も心を折られて、それでも立ち上がり続け、戦い続けた希望の戦士。

仮●ライダーウィザードの、ソウマ・ハルトのように強い心で！

「よし！　それで行こうぜ、マコ！」

「早速準備に取り掛かるぜ！」

私の案を聞いた《ベオウルフ》達が、我先にと動き出す。

さぁ、ショータイムだ！

◇◇◇

「……今、何時？」

アバトクス村から少し離れた平原。

かつて、マウルとメアラがマコを発見した平原の一角に、アンティミシュカの王権騎士団は陣を組んでいた。

停車された馬車の中――アンティミシュカは、傍《そば》に控えた自軍の団長に問い掛ける。

「は、もう間もなく夕刻五時を回る頃《ころ》かと」

「いつまでかかってるのよ！」

アンティミシュカは、傍らに置いてあったクッションを乱暴に掴むと、それを団長へと投げつけた。

甲冑《かっちゅう》に当たったクッションは床に落ちる。

無論、団長は微動だにしない。

「援軍は⁉　伝令を走らせた私の軍は、いつになったらここに来るの！」

「どうか落ち着いてください、アンティミシュカ様」

息を荒らげるアンティミシュカへと、団長は落下したクッションを直しながら言う。

「あの程度の村、ここにいる者達だけでも容易《たやす》く制圧する事は出来ます。しかし、今回は少々勝手が違った。予想を超える不安要素を向こう側が保有しており、なおかつイクサ王子まで関わっていた。そのため、万全を期すために兵力の増強を行っているのです」

「ふぅ……ふぅ……」

「こんな事は今までになかった。アンティミシュカ様、想定外の事態が重なり、心が乱れているだけです。状況は順調、焦る必要などありません」

「……蹂躙《じゅうりん》してやる」

自身の爪をガリガリと噛《か》み締《し》めながら、アンティミシュカは唸《うな》る。

「この私に、王族に、楯突《たてつ》くなんて、楯突こうなんて……〝あたし〟の腹を殴りやがった、あのアバズレ女……今度はあたしが内臓吐き出すまで腹を踏《ふ》み潰してやる……それに、イクサ……不躾《ぶしつけ》で無遠慮なだけの、跳ねっ返りの態度がちょっとお父様に気に入られてるからって勘違いしやがって、あのクソガキ……良い機会よ、あいつもこの場で二度と生意気な事言えないくらいぐちゃぐちゃに……」

最早、略奪などどうでもいい。

アンティミシュカの目的は、自身の矜持《プライド》を揺さぶる者達への報復に他ならなくなっていた。

そこで、爪を噛んでいたアンティミシュカの動きが、ぴたりと止まる。

「……あんた、あのガライとかいう男の事、やけに詳しかったわね。昔馴染《むかしなじ》みかなんかなの？」

「いえ、向こうは自分のことなど知らないでしょう」

団長は、アンティミシュカと目を合わせることなく、まっすぐに前を見据えている。

「しかし、自分もアンティミシュカ様の元に来る前は、少なからず暗部に関わっていた身。彼の手腕は音に聞いていました。そして同時に、いつか競いたいとも思っていた」

グッと、握りしめた自身の拳《こぶし》を見て、彼は言う。

「私は自信があります……たとえ彼が、闇《やみ》の世界に伝説を轟《とどろ》かせた存在であったとしても、この自分の方が上だと」

「あっそ。まぁ、今回に関しては止めないわ。あんたの好きにしなさい」

興味無げに呟《つぶや》くアンティミシュカ。

「それと、先刻あの小娘の使っていた謎の武器……いきなり現出したように見えましたが、あれは一体何だったのか……まさか、魔法の一種では」

団長はそこで、顎《あご》元に指を添わせながら呟く。

「そんなわけないでしょ。あんな女に、私と同等の血が流れてるって言いたいわけ？　イクサと知り合いのようだったから、特殊な魔道具でも借りてたんじゃないの？」

「左様ですか。どちらにしろ、少なからず警戒は必要ですね」

団長は一拍置き、馬車の窓から外を見る。

「援軍はもう間もなく到着します。到着次第、即座に侵攻を開始しましょう」

「ああ、楽しみ。早くその時が来ないかしら」

太陽が、山の向こうへと沈んでいく。

世界を夜が覆い始める。

「あいつら、逃げたりしないわよね」

「現在、闇に紛れ様子を見てくるよう、村の周辺に斥候を派遣しております。そのような事があれば、瞬時に報告が来ます」

◇◇◇

太陽が沈み、完全な夜闇に支配された森の中を、派遣された斥候の兵達が進む。

彼等はアバトクス村の周囲に潜み、状況を確認する役割を担った者達だ。

「どうだ？」

「…………」

「どうやら、逃げていないらしい。馬鹿な奴らだ」

村の中。

松明《たいまつ》が並び、その明りの中を《ベオウルフ》達が動き回っている様子を見て、斥候達は苦笑する。

「まぁ、逃げようとしたところでどこにも逃げ場はないがな。どうする、いっそ俺達で夜襲を掛けるか？　斥候とは言え二十人近く散開してるんだ。あの程度の数、俺達でも簡単に制圧出来るぞ」

「アンティミシュカ様に処刑されてもいいならな、勝手にやれよ……ん？　おい、あれは何だ？

何か、妙なものが出来てるぞ？」

斥候の一人が、村の中に存在する、ある違和感に気付いた。

それと同時だった。

「……しっ！」

また別の斥候が、反応した。

村の方向ではなく、自分達が進んできた森の方を振り返って。

「どうした？」

「何か……音がしないか？」

「音？」

「何かが、こっちに向かって来てるような……」

そう呟いた直後。

斥候達の目の前に、〝それ〟はやって来た。

「なッ！——」

◇◇◇

——……時間は少し遡《さかのぼ》る。

私は、エンティアの背中に乗って、一緒に村の外の山中を走り回っていた。

もう間もなく日が暮れ、この暗い森の中は光を失う。

加えて、敵の侵攻も開始する。

その前に、やっておかなくてはならない事があったからだ。

「いた……」

木々の間を俊敏な動きで駆け抜けるエンティア。

その背中の上から、私は目的の存在を確認する。

『姉御《あねご》、近付くぞ』

エンティアがそう呟き、一気に対象との距離を詰める。

私達が探していたのは――。

「！」

野生動物だ。

この山に住み着く、凶暴な野生動物。

茶色と白色の縞模様《しまもよう》の毛並みに、丸い体の――イノシシだ。

イノシシは、接近する私達に対し即座に臨戦態勢を取る。

しかし、相手がエンティアであると気付くと、瞬時に実力の差を感じ取り、尻尾《しっぽ》を巻いて逃げ出そうとした。

それに追い付き、私は手を伸ばして、イノシシの背中に触れる。

これで、私の《ペットマスター》のスキル《対話》が発動するはずだ。

「後で呼ぶから来てね！　他の子達にも声を掛けるから！」

『！』

過ぎ去り際、私の声を聞いたイノシシが驚いたように反応する。

私の言葉を理解出来ている――《対話》が成立した証拠だ。

私とエンティアはその調子で森の中を走り回り、見付けた野生のイノシシ達に片っ端から声を掛けていく。

そして――。

「……よし、こんなところだね」

一通り、エンティアの鼻で感じ取れた限りのイノシシ達を追い掛け回し、触れ、《対話》を発動し——私達は山の頂上に立った。

「エンティア、みんなに声を掛けて」

『うむ』

すぅ——と、エンティアが息を深く吸い込み。

『者共！　姉御がお呼びだ！　ここに集まれぇッ！』

狼《おおかみ》の雄叫《おたけ》びが、山の中に木霊《こだま》する。

山彦《やまびこ》となって響き渡る咆哮《ほうこう》は、普通の人間にはただの鳴き声にしか聞こえないだろう。

だが、その言葉を理解する獣達が、やがてゾロゾロと、山頂へと集まって来てくれた。

集まったイノシシ達は、数十匹はいる。

皆が皆、警戒心を露《あらわ》に、私達から距離を取って低く唸っている。

「ありがとう、私達の声に答えてくれて」

『なんだお前、コラー！』

イノシシ達の中、ちょっと小さ目の一匹が威勢よく声を発した。

『お前、あの村の奴等の仲間だろ、コラー！』

『やんのか、コラー！』

続いて他のイノシシ達も声を上げる。

みんな声が高く、まるで子供のような声音だ。

『その狼と一緒にいれば俺達がビビると思ってんのか、コラー！』

『舐めんなよ、コラー！』

みんな喧嘩腰《けんかごし》だ。

まぁ、これは今までのことを考えれば仕方がない。

彼等はこの山の中で、毒に近い植物を食べて凶暴化してきた野生動物。

性格も荒《すさ》んでいるのだろう。

加えて、基本的に人里の《ベオウルフ》達や、《ベオウルフ》達を守っていたエンティアとは敵対関係にあるのだから。

『姉御、いいのか？　言わせておいて』

「いいんだよ、エンティア」

むしろ、こうでなくちゃ困るくらいだ。

私は、その場に集まった喧々囂々《けんけんごうごう》のイノシシ君達に話し掛ける。

「ごめんね、日頃《ひごろ》はみんなを怖がらせるような事ばかりしちゃって」

私の言葉に、イノシシ君達はピタリと声を止めた。

「いつも、危険だからって不用意に攻撃したりしてたんだよね、本当に悪かったって村のみんなも言ってるよ。今日はそれを、みんなと会話が出来る私が代わりに伝えに来たんだ。本当にごめん」

『わ、わかればいいんだ、コラー』

『べ、別にビビってたわけじゃないけど、いきなり攻撃されたらびっくりするだろ、コラー』

イノシシ君達は、私の謝罪によそよそしくなる。

素直に謝られて、拍子抜けしたのかもしれない。

「でね、今日はみんなに、お詫《わ》びの印にご馳走《ちそう》を振舞おうと思って」

私の発したその言葉に、イノシシ君達の目の色が変わった。

『ご馳走⁉』

『どこどこ⁉　どこにあるんだ、コラー！』

『待て！　落ち着け、コラー！　どうせ嘘《うそ》だろ、コラー！』

「ううん、嘘じゃないよ。その証拠に――」

私は、麓《ふもと》の村の方を指さす。

山頂から見える村の中央の広場――そこには、先日ウィーブルー家当主から差し入れしてもらった、まだ消化しきれていない大量の果物や木の実、野菜が山積みになっていた。

このために、村のみんなに用意してもらったのだ。

『うひょ――――！　うまそうだぞ、コラー！』

『本当に食っていいのか、コラー！』

「いいよ、但し、まだ準備の途中だからもうちょっと待ってね」

私は、イノシシ君達にきちんとルールを説明していく。

「私が『もういいよ』って合図を出すまでは、みんなここで待機ね。準備が整ったら、私の指示でエンティアが声を上げるから、そうしたら村に向かって一気に駆けていってね、早い者勝ちだよ。それと、絶対に村の物を壊したり、村のみんなに怪我《けが》をさせるようなことはしないでね。発見次第、お食事は終了。山にお帰りいただくからね」

『わかったぞ、コラー！』

イノシシ君達はハイテンションでわいわいと騒ぎ出す。

よし、これで第一の仕込みは完了した。

『まだかなまだかな、コラー！』

『早く早く、コラー！』

『楽しみだぞ、コラー！』

ところで君達、なんでそんなヤンキーみたいな喋《しゃべ》り方なの？

凶暴な野生動物だから？

◇◇◇

――そして、時は現在に戻る。

「な、なんだ、こいつ等！　……グァッ！」

山の斜面を勢い良く駆け下りていく、イノシシ君達。

その土砂崩れのような波に激突され、斥候達が次々に吹っ飛ばされていく。

『どけどけどけ！　コラー！』

『俺が一番乗りだ、コラー！』

『今なんか吹っ飛ばしたけど、村の奴《やつ》じゃないから大丈夫だよな、コラー⁉』

イノシシ君達は斥候の存在など意に介さず、我先にと村の中央――そこに設置されたフルーツタワー（という名の、果物、野菜てんこ盛りタワー）に群がっていく。

一方――イノシシ君の群れに吹っ飛ばされて、ボロボロになりながら山の斜面を転がり落ちてきた斥候達は――。

「ぐっ……ぶべっ⁉」

「よしっ！　こいつらだ！」

「ぶっかけろ！」

村の周縁にまで転がり落ちてきたところを、待機していた《ベオウルフ》達が、それぞれ手にした桶《おけ》の中の液体をぶちまける。

「ぐ、なんだ……こりゃ……」

「固っ、重い……」

灰色の液体は斥候達の体にかかり、防具や装備の隙間《すきま》にまで流れ込み、そして固まっていく。

《ベオウルフ》達がかけたのは、火山灰を水で溶いたものだ。

以前、マウルから草原を越えた先が火山だと聞いた時、何らかの武器になるのではと《ベオウルフ》達に話した事があった。

火山灰を採集し、粉にして保管――有事の際には水に溶いて対象にかける。

火山灰は、かつてコンクリートの原料にも使われていたと聞いていた。

これに水を混ぜれば、モルタルのようになると思ったのだ。

どうやら、その話をした際、興味を持った何人かの《ベオウルフ》が火山灰を取りに行っていたようで、今日役に立った。

「うぐぐ……」

「うまくいったね」

身動きを封じられた斥候達。

エンティアに乗った私は、彼等の前に立つ。

《ベオウルフ》達は、事前に私が錬成していた〝ワイヤー〟で彼等を捕縛していく。

耐荷重百二十キログラムの金属製の縄に縛られては、彼等ももう何も出来ないだろう。

「さて、と」

私は、村の広場でご馳走を堪能しているイノシシ君達の元へと向かう。

広場はイノシシ君達の丸い体で犇《ひし》めき合い、埋まっていた。

うひゃー、すごいな。もふもふの絨毯《じゅうたん》だ。

何気に、この上で寝転がったら気持ち良さそう。

『あ！　来たぞ、コラー！』

『ありがとな、人間！　こんなうまい飯食ったの久しぶりだぞ、コラー！』

イノシシ君達は私が来た事に気付くと、ブヒブヒと嬉《うれ》しそうに鼻を鳴らしながら寄ってくる。

『お前、良い奴だな、コラー！』

『当たり前だろ、姉御だぞ』

後ろのエンティアが自慢げに言う。

『姉御？　姉御って名前なのか、コラー？』

『じゃあ、俺達も姉御って呼ぶぞ、コラー！』

『姉御、そういえばここに来る途中に、なんか変な奴ら吹っ飛ばしたぞ、コラー？』

『あ、あいつらだ、コラー』

《ベオウルフ》達に捕縛された斥候達を見て、イノシシ君達が言う。

「実はね、今、私達の村が悪い人達に狙《ねら》われてるんだ」

そこで私は、イノシシ君達に話し掛ける。

「この村からおいしい野菜や綺麗《きれい》な花が作られてるって知って、その利益を奪いに来たんだよ。これから先もみんなにご飯を提供していきたいんだけど、この村が乗っ取られちゃったら、そういう事が出来なくなっちゃうかもしれないいんだよね」

『なにー！　許せないぞ、コラー！』

『俺達は、そういう卑怯《ひきょう》な事が一番嫌いなんだ、コラー！』

『俺達に任せろ、コラー！』

『ボッコボコにしてやんよ、コラー！』

奮起するイノシシ君達。

よし！　ありがとう、みんな！

「ありがとう！　ちなみに、その敵は……この山を越えた、向こう側の平原にいるんだ」

『よっしゃー！　やってやるぞ、コラー！』

『まだ森の中にいる奴等も誘って行くぞ、コラー！』

というわけで。

途轍《とてつ》もない大援軍と共に、私達の反撃は始まった。

◇◇◇

平原に展開された、王権騎士団の陣。

停車した馬車の中で、アンティミシュカは蹂躙《じゅうりん》の時を今か今かと待っていた。

……そこで。

「……ん？」

何やら、外が騒がしいような気がした。

偵察に行った斥候が、報告に戻ってきたのか？

それとも、やっと援軍がやって来たのか？

アンティミシュカがそう考えた、瞬間——。

「……きゃぁッ！」

馬車を襲った突然の衝撃に、大きく体を揺らして悲鳴を上げた。

まるで、何か巨大なものが横っ腹に激突したかのような、そんな衝撃。

衝撃だった。

「な、なによッ！　これッ！」

しかも、その衝撃は一向に止まらない。

馬車は大きく揺れ動き、その中の内装は四方八方に振り回され散らばる。

アンティミシュカは、体を馬車の壁や床に叩《たた》き付けられながら、何とか声を上げる。

「ちょっと！　何が起こってるの⁉　誰か答えなさい！」

「こ、攻撃です！」

外に待機していた衛兵の声が聞こえた。

「我々の陣が、攻撃を受けています！」

「攻撃、ですって⁉」

馬鹿な、村の連中が攻めてきたのか？

しかし、あんな数十人程度の村人で何が出来る。

イクサが兵を集めた？

いや、こんな短時間で、自分達の一軍を圧倒出来るような兵力を用意出来るわけ——。

「敵は⁉　数は、武器は⁉　説明しなさい⁉」

「イノシシです！」

外から聞こえてきた声に、アンティミシュカは一瞬ぽかんと呆《ほう》けた。

彼女の頭の上に、跳ね上がったクッションがボスンと落ちる。

「ど、どういうことよ⁉」

「山から下りてきた大量のイノシシの群れに、我々の陣が襲われているのですッ！」

「マジでどういうことよッ⁉」

◇◇◇

まるで、もふもふの津波だ。

山の中から平原へと下りてきて、猪突《ちょとつ》猛進に駆ける大量のイノシシの群れ。

百匹以上は確実にいる。

知らなかった……あの山の中に、こんなに野生動物がいたんだ。

『寝てた奴等も叩き起こしてきたぞ、コラー！』

『ついでに野犬やキツネやタヌキにも声掛けたぞ、コラー！』

『みんなでフルボッコだ、コラー！』

私は今、エンティアの背中に乗って、そんなイノシシ君達の群れの中を一緒に走っている。

向かう先は、アンティミシュカの軍団の陣。

既に先頭を行くイノシシ君達の群れに襲われ、騎士達が周章狼狽《しゅうしょうろうばい》している光景が見える。

夜闇の中、素早く小さい野生動物達に翻弄《ほんろう》される騎士達。

イノシシの激突を受けて、鎧《よろい》を着た体が空中に吹っ飛ばされている。

イノシシの突進……凄《すご》い威力だ……。

「マコ様！」

名前を呼ばれ、横を見る。

「オルキデアさん！」

イノシシ達の背中に乗って、並走するオルキデアさんがそこにいた。

「わたくしも戦いますわ！　故郷を奪われた恨みを、今こそ晴らす時です！」

「オルキデアさん……」

そうか、彼女達《アルラウネ》は、アンティミシュカの略奪により国を奪われた種族なのだ。

キッと強く向けられた眼《め》の光を見て、私は頷《うなず》く。

「マコ様！　わたくしに、あの薬を！」

「薬？　……《液肥》のこと？」

「はい！　その内、根を成長させられるとおっしゃっていた薬を、わたくしに下さいませ！」

私は《液肥》の力により、アンプルを一つ生み出す。

表面にKを模した文字の書かれた、カリウムに特化した《液肥》を、原液のまま彼女に渡す。

するとオルキデアさんは、それを一気に飲み干した。

「うぎゅう……」

「大丈夫⁉　めっちゃ苦いんでしょ、それ！」

「だ、大丈夫ですわ！」

飲み干すと同時に、オルキデアさんはイノシシの背中から飛び降り、地面へと着地する。

そこは既に陣の中――敵兵のど真ん中だ。

「マコ様にいただいた力よ、わたくしを媒介し、大地に！」

オルキデアさんの体が発光する。

淡い光が、彼女の地面に置かれた手を通し、大地に染み込んでいく。

「お行きなさい！　強靭《きょうじん》なる〝根〟よ！」

刹那《せつな》、彼女の眼前の地面が隆起し――そこから、樹木ほどの太さはありそうな巨大な根っこが発生した。

「な、なんだこりゃあ！」

「根だ！　植物の根！」

「うおおおお！」

この草原に生えている植物の根を、急激に成長させたのだろう。

まるで、巨大な蛸《たこ》の足のようにうねりながら――根っこは地面ごと地上の騎士達を飲み込んでいく。

そして巻き付き、雁字搦《がんじがら》めにし、完全に身動きを奪っていく。

拘束され、何人もの騎士達が無力化されている。

「凄い……流石《さすが》、《アルラウネ》の女王……」

遠ざかっていく後方の光景を見て、私は実感した。

本当に、私の仲間は頼りになる人ばっかりだ。

『姉御《あねご》、見えたぞ！』

エンティアが叫ぶ。

前方――昼間に見た、あの豪奢《ごうしゃ》な馬車が姿を現した。

おそらく、アンティミシュカがいる本陣は、あそこだ。

「守りが固いな……」

「うん、やっぱり大将だからね」

背後から声。

今、エンティアの背中には、私と一緒にガライが乗っている。

私達の視線の先には、馬車を取り囲むようにして守る、複数人の騎士達の姿がある。

迫り来るイノシシの群れを、槍《やり》や松明《たいまつ》を使って追い払っている。

『突っ込むか⁉』

「うん、お願い！」

エンティアに言うと同時、私は《錬金》を発動する。

両手に召喚される、長尺の〝単管パイプ〟。

「どりゃあ！」

私はそれを、馬上で槍を振るうが如《ごと》く振り回す。

魔力によって羽のように軽く、そして威力を纏《まと》った〝単管パイプ〟の一閃《いっせん》は、目前に待ち構えていた騎士達を圧力で後退させた。

「よし！　行って、エンティア！」

『おお！』

エンティアが跳躍する。

一気に、馬車の前にまで飛躍し、接近する——。

——その時、地上から何かが飛び上がり、エンティアの進行を塞《ふさ》いだ。

『ぬっ⁉』

それは空中に躍り出ると同時に、エンティアに向かって拳撃を放った。

エンティアは前足でそれを受けると、ベクトルを捻《ね》じ曲げられ中空で軌道修正——少し離れた地面に着地する。

「大丈夫⁉　エンティア！」

『ぬぅ……こいつ』

私達の前に立ち塞がるように、漆黒の鎧を纏った騎士が一人。

他の騎士達と少し違うデザインの鎧……そう、見覚えがある。

アンティミシュカと近しい距離にいた、おそらく団長と思われる騎士だ。

「バドラス団長！」

「おお！　バドラス団長！」

他の騎士達も、彼のファインプレーに歓声を上げる。

どうやら、名実共に団長、といった人物のようだ。

「ふんっ……ガライ・クィロン。まさか、これほどまで早く、貴様と相まみえる事になろうとはな」

「………」

エンティアの背中から降りる私とガライ。

ガライは私の前に立ち、バドラス団長と対峙《たいじ》する。

「マコ……こいつは、俺が相手をする」

拳を構えながら、ガライが囁《ささや》く。

「あんたは、あの馬車に」

「ふんっ、そう容易《たやす》くいくと思うか？」

バドラス団長は苦笑交じりに言う。

現状、私達は敵陣の中でも、更に守りの堅い本陣にいる事になる。

周囲を取り囲む、何十もの騎士達……数では、向こうの方が上だ。

そう、数でなら。

「ぐあっ！」

後方から、雄叫《おたけ》びが上がる。

鎧を切り裂かれた騎士の一人が、地面に倒れた。

「……イクサ王子の御命令により、助太刀《すけだち》に参った」

腰に佩《は》いた剣の柄に手をかけ、現れたのはスアロさん。

イノシシ君達の怒涛《どとう》の奇襲と、オルキデアさんの攪乱《かくらん》により、後続の彼女もここまで達する事が出来たようだ。

あれ？　しかもよく見ると、彼女の持ってる剣って……私がこの前作ってイクサに全部売った、あの日本刀じゃん！

「スアロさん！　その刀、使ってくれてたんだ！」

「……イクサ王子の命令で、仕方がなくだ」

そっぽを向いて言うスアロさんだが、騎士が吶喊《とっかん》して来ると、瞬時に抜刀し切り伏せる。

やはり、目に見えない程の速度の居合抜きで。

しかも、あの日本刀は魔道具だから、スアロさんも魔力を持ってるんだ。

『我を忘れるな！　この神狼の末裔《まつえい》を！』

更に、エンティアもスアロさんに動揺している騎士達に飛び掛かる。

この場の騎士達は、イノシシの群れに加え、スアロさんとエンティアの対処に四苦八苦の形となった。

そして――。

「はぁっ！」

私に背後から殴り掛かってきたバドラス団長の、その鋼鉄の籠手《こて》に包まれた拳を、ガライが自身の腕で受ける。

「行け！　マコ！」

「うん！　ありがとう、ガライ！」

ぶつかり合う二人の脇《わき》をすり抜け、私は馬車へと向かう。

イノシシの激突を何回も受けて傷だらけになった馬車。

その扉を開けて、私は車内へと飛び込んだ。

◇◇◇

「ハァッ！」

バドラスの拳が、ガライの腹部に叩《たた》き込《こ》まれる。

「っっ……」

膝《ひざ》を折り、ガライはその場に手をつく。

混戦極まる戦場の中、ガライとバドラスは拳を交えていた。

「ふんっ……どうした？　さっきから、防戦一方だぞ」

バドラスは余裕の姿でガライを見下ろす。

兜《かぶと》を被《かぶ》っていて見えないが、その表情は笑みを浮かべている事だろう。

「この程度か？　この程度の実力で、本当に邪竜を素手で倒したのか？」

「……………」

「調子が悪いのか、劣化したか……それとも、所詮《しょせん》は眉唾《まゆつば》の話だったのか」

「あんた……人間じゃないな」

膝をついた姿勢で、ガライがそう問い掛ける。

「……ふ、やはりわかるか」

それに対し、バドラスも苦笑交じりに答える。

「厳密に言えば、〝半分は人間〟だ。この意味、お前ならばわかるだろう」

「……………」

そこで、ガライの目前、バドラスの体が肥大した。

腕が、足が、上背が——まるで拡大するように、三～四倍程に巨大化していく。

「自分の体には、人外の血が混じっている。あの《アルラウネ》のように、魔力を宿す種族……魔族の血がな」

遠く——大地をめくり上げてうねる根の光景を見て、バドラスは呟《つぶや》く。

「自分の体に流れているのは、〝巨人族《ギガント》〟の血。自分は、巨人族の血が混じった亜人だ。魔力を込めれば、こうして体を肥大化させ、通常時の数倍の膂力《りょりょく》を発揮出来る」

バドラスが拳を振り上げ、振り下ろす。

打ち付けられた拳は、途轍《とてつ》もない威力で大地に亀裂を起こした。

「やはり、同族だから感知したか。お前もそうなのだろう？」

一瞬早く、中空へと跳躍し回避していたガライへと叫ぶ。

「なぁ、〝鬼人〟のガライよ！」

「…………」

◇◇◇

私は、馬車の扉を開け車内へと飛び乗った。

何度もイノシシ達による突進を受け、ぐちゃぐちゃに散らばった内装が目に映る。

その中に、アンティミシュカの姿は見当たらな――。

「ッッ！」

急に、首を締め付けられる感覚に襲われ、私は声を上げようとした。

しかし、声帯ごと何かに巻き付かれた喉《のど》は、呼吸も発声もままならない。

「ふふっ、残念。もう少しだったのにね」

背後から、アンティミシュカの声。

「なぁんて、あんたの思い通りにいくはずないじゃない。調子に乗ってんじゃないわよ」

そこで、床に転がった手鏡に映った光景を見て、今私がどういう状態になっているのか理解した。

どうやら扉の内側に隠れていたアンティミシュカにより、奇襲を受けたらしい。

私の首には、彼女の手に握られた鞭《むち》が巻き付けられていた。

「イノシシを使って襲撃してくるなんて、如何《いか》にも田舎《いなか》女の考えって感じね。でもここまでよ。このままジックリ、縊《くび》り殺してあげる」

「ぐ、ぅぅ！」

私は抵抗する。

何とか首に巻き付いた鞭に指を掛け、振り解《ほど》こうとする。

しかし、締め付ける力も強く、脳に酸素が供給されないのか、意識がふらふらとし始めた。

「ふふふっ……あんたも本っ当に馬鹿ね。こんなくだらないマネさえしなければ、苦しんで死ぬ事もなかったのに。これでわかったでしょう？　王族に逆らえば、巨大な力に楯突《たてつ》けば、どういう結末になるのかって」

「っ……っ……」

「そう、そうよ、私は王族、私は強者《つわもの》の側、私は勝利者の側、あんた達とは違う、選ばれた存在なのよ、わかる？」

脳内麻薬に浸っているのか。

アンティミシュカは、興奮したように私の耳元で喋《しゃべ》り続ける。

「私はね、娼婦《しょうふ》の子だったのよ。自分の継承者を作るために、あらゆる可能性を考えていたお父様が、身分を隠して娼婦との間に作った子供」

首に巻き付いた鞭に何とか指を掛ける。

電流のような痺《しび》れが指先に発生し、痛みを伴った。

……そういえば、彼女も王族だということは、その身に魔力を宿しているのかもしれない。

この鞭も魔道具なのだろうか？

「私の母親は、お父様の事を本気で愛していた。私を身籠《みごも》って産んだ後、お父様の行方《ゆくえ》がわからなくなると、そのまま病んで容易《たやす》く死んだわ。残された私は、母親が働いていた娼館の下働きになった」

「ぐ……うぅ！」

魔力を宿した魔道具なら、こちらも魔力を使えば拮抗《きっこう》出来るはず。

私は、《錬金》や《液肥》を使う時の要領で、指先に魔力を集中する。

「娼館を経営する主人夫婦や、他の娼婦共に奴隷《どれい》のように扱われた。毎日毎日、過酷な労働を強いられる日々、寝る暇も食事をする暇も無い。その上、少しでも気に入らない事があれば暴力も振るわれた、理不尽な扱いを受けた……あんたなんかに想像出来る？」

頭が朦朧《もうろう》としているからだろうか――私の脳裏に、ホームセンターで働いていた頃《ころ》の記憶が駆け巡る。

彼女の言葉も相俟《あいま》って、走馬灯のような回想だ。

「いっそ死んだ方がマシだとも思っていた……そんなある日、私が成長した頃、国王の使いが私の元に来た。そして私が、国王と血の繋《つな》がった娘で……お父様が私を、正式に自身の後継者の一人と認めたと告げたの！　私の人生はそこで変わった！　いいえ、元に戻った！　お父様は私の事なんて、遊び半分で作って、興味半分で継承者と認めた程度だってわかってるわ！　それでも、私には神からの啓示と同義だった！　今まで私を馬鹿にしていた娼館の主人夫婦も、他の娼婦共も！　私の正体がわかったら態度をコロッと変えて震えながら土下座してたわ！　これが本当の〝あたし〟なのよ！」

なるほど、その時きっと、彼女の中で何かが壊れた……。

いや、何かが生まれたのかもしれない。

「娼館は燃やして、主人夫婦は路頭に迷わせ、娼婦共は貧民街の慰み者に蹴落《けお》としてやった！　わかる⁉　力の有る者はそれを行使し、力の無い者を踏《ふ》み躙《にじ》る権利がある！　支配する権利があるのよ！」

「うる、さい！」

私の魔力の籠った指先が、鞭に触れる。

バチンと衝撃が走り、鞭の拘束が緩む。

「くっ！」

何とか拘束を振り解いた私だったが、ふらつく体を背後からアンティミシュカに押し倒される。

彼女は私に馬乗りになると、今度はその手で首を絞めて来た。

「邪魔だ！　消えろ！　お前如《ごと》きが私の前に立ち塞《ふさ》がるな！　私こそ王！　王になる！　お父様の後を継ぐのは私だ！　私は常に支配者の側だ！」

アンティミシュカは、床の上に転がっていたナイフを掴《つか》む。

彼女の装備の一つだったのか、この馬車に備え付けられていたものなのか――それはわからない。

アンティミシュカは、その切っ先を私の胸……心臓の真上に持ってくる。

「獣人が何よ⁉　そいつらが泣こうが喚《わめ》こうが、どうでもいい！　私が私だけの幸せを求めて何が悪いの⁉　私が手に入れた力を、私のために使って何が悪い！」

ナイフが振り下ろされる。

その刃《やいば》が、私の心臓を貫く──

──甲高い金属音と共に、ナイフが弾かれた。

「なっ！」

アンティミシュカの手元を離れたナイフは、そのまま馬車の床に突き刺さる。

彼女は何が起こったのか理解出来ず、愕然《がくぜん》とした表情をしている。

「おりゃあ！」

私は、そのまま彼女を引き剥《は》がし、腕を掴むと、背負い投げの要領で壁に叩《たた》き付けた。

「がはっ……」

「はぁ……はぁ……ありがとう、マウル」

私は、服の下に隠し持っていた〝それ〟を握り締める。

それは、ここに来る前、マウルから借りていた彼のお守り……〝アングル金具〟だ。

最初に出会った時、私が嵐《あらし》からマウルとメアラの家を守るために錬成した、一番初めの金属。

余ったそれを、マウルはお守りにすると言って、首から下げるネックレスにしていた。

それをこの戦いの前、ゲン担ぎのためマウルから借りていたのだ。

「力を持つ者は他者を踏み躙る権利がある、か……そうかもね」

「お前ぇ！」

覚束《おぼつか》ない足取りで、アンティミシュカが掴み掛かってくる。

そんな彼女に、私は瞬時に錬成したあるものを投げる。

アンティミシュカは、すかさずそれを手で掴もうとして──そして、手の平に走った痛みに動きを止めた。

私が生み出し彼女に投げ渡したのは、〝釘《くぎ》〟だ。

「……でもね……私はこの力で、マウルとメアラの家を守った。みんなの家を強くした」

続いて《錬金》を発動。

私の手中に、〝単管パイプ〟……車内である事を考え、長さは二メートル程度……を錬成する。

「マウルとメアラが盗賊に襲われ人質にされた時も、この力で助けた」

「ま……待て――」

力の限り、魔力を宿して〝単管パイプ〟を振るう。

その直撃はアンティミシュカの体には当たらなかったが、馬車の壁を見事に破壊した。

馬車が傾く。

アンティミシュカの体が、勢いで外へと投げ出された。

「《液肥》を使って野菜を作った、オルキデアさん達の命も救えた」

「あ、ぐぅ……」

地面に叩き付けられた衝撃で、ふらついているアンティミシュカ。

私も半壊した馬車を下り、彼女の前に向かう。

「ガライと一緒に、家を作った。ガライは楽しかったって、このまま村に居たいって言ってくれた」

そして、次の金属を生み出す。

生み出したのは、〝防獣フェンス〟。

私はそれの端を握り、高々と振り上げる。

「私の力は、私だけじゃなくて、みんなも笑顔にしたいから使ってきた」

「ま、待って！　まっ――」

怯《おび》え切ったアンティミシュカが、私に向かって手の平を向けて叫ぶが――もう遅い。

私は〝防獣フェンス〟を振り下ろす。

まるで虫叩き網のように、アンティミシュカに金網を叩き付ける。

「あ――」

魔力を宿した〝防獣フェンス〟による一撃が、一切の加減無く彼女の全身を殴打。

アンティミシュカは刹那《せつな》にして、意識を失った。

「嫌な環境で働いて……いきなり凄《すご》い力が与えられて……でも、私はあなたとは違う。あなたの主義には、賛同出来ない、かな」

村のみんなの事を思い出しながら、私は気絶しているアンティミシュカにそう言った。

「……ふぅ」

とにもかくにも、直接対決は勝負あり。

私は即座に〝ワイヤー〟を錬成し、彼女の体を拘束した。

総大将、討ち取ったり。

◇◇◇

「ガライ！」

馬車の前方に回ると、ガライと、なんだかちょっと大きくなっているバドラス団長の戦いが行われていた。

ガライは、私の姿と、私の腕の中に拘束されたアンティミシュカが居る事を確認し、安堵《あんど》したように嘆息する。

「……ふんっ」

一方、バドラス団長は敗北した自身の主の姿を一瞥《いちべつ》すると、くだらなそうに鼻を鳴らした。

「まぁいい、仕える先など誰《だれ》でも一緒だ」

彼はおそらく、アンティミシュカを見限った……いや、そもそも最初から忠誠など誓っていなかったのだろう。

ガライに向き直り、構えを取る。

「今は只《ただ》、貴様を屠《ほふ》って自分の力を証明するのみ！」

「…………」

バドラス団長の巨拳《きよけん》が放たれる。

刹那、ガライはその拳を敏速な動きで回避し、懐に潜り込むと、自身の鉄拳《てつけん》をバドラス団長の腹へと打ち上げた。

「ごっは……」

たった一撃。

その一撃に貫かれ、バドラス団長の体が動きを止める。

ガライの拳が、たった一撃で巨躯《きよく》の躍動を黙らせた。

「……俺が全力を出していなかったのは、マコの身に何かがあった時の事を思って、余力を残しておくべきだと考えたからだ」

ガライは拳を引き、膝《ひざ》を折るバドラス団長から数歩距離を取る。

「だが、もう心配はいらないようだな」

「貴、様……」

「教えてやる、邪竜の殺し方を」

瞬間、ガライが大きく右腕を後ろに引く。

私やバドラス団長――おそらく魔力を持つ者――は、その変化に気付いた。

見た目は変わらないし、バドラス団長のように肥大したわけでもない。

けれど、ガライの右腕に淡い光が発生し、力が込められていくのが見える。

「あんたの言う通り……俺の中には〝鬼人族《オーガ》〟の血と共に魔力が流れている。そして、その魔力を使った最大の攻撃方法がある」

ギュッと――拳が握り直される。

「条件は、俺の魔力が全快の状態である事。そして、その全《すべ》てを注ぎ込んで拳を放つ事……その威力は、一撃で強靭《きょうじん》な鱗《うろこ》と筋肉に覆われたドラゴンのどてっ腹に風穴を空ける」

「ま、待て！　ま――」

奇《く》しくも、アンティミシュカと同じように動揺するバドラス団長。

その巨体に、ガライは拳を打ち込んだ。

「ツォお――」

バドラス団長の体が、衝撃で宙に浮く。

鎧《よろい》や兜《かぶと》は弾け飛び、体はくの字に曲がり、周囲の大気や大地にまで衝撃が伝わって破壊が起きる。

私の体も軽く浮いた。

そしてその衝撃が収まった時には、白目を剥《む》いて昏倒《こんとう》するバドラス団長が地面に横たわり、その前にガライが立つ光景のみが残されていた。

「……無論、あんたには、そこまでの全力は使わないがな」

どうやら、大分手加減したようだ。

それでこの威力とは……うーむ、恐れ入る。

「お疲れ様、ガライ」

「マコ……大丈夫か？」

私の元にやって来たガライが、心配そうに手を伸ばす。

その指で私の頬《ほお》に触れようとして、寸前で考え直し、指を引っ込めた。

紳士だなぁ、まったく。

「うん、大丈夫だよ」

周囲で戦っていた他の騎士達も、アンティミシュカとバドラス団長が倒された事に気付き始める。

彼女達の援軍は、まだ来ていない。

その前に、敵の総大将を叩き伏《ふ》せる事が出来た。

私は、ふーっと深く息を吐く。

「じゃ、決着だね」

◇◇◇

アンティミシュカとバドラス団長を倒し、二人の拘束も完了した。

一息吐《つ》いた私は、改めて状況を見渡す事にする。

「うわー……ボロボロだね」

自分で仕掛けておいて、そんな感想を漏らすのもどうかと思うけど……。

イノシシ君達の波状攻撃に飲み込まれ、更にオルキデアさんの根の蹂躙《じゅうりん》に地形ごと崩され。

加えて、スアロさんとエンティアに確実に各個撃破されてしまった王権騎士団の現状は、ボロボロと言うしかなかった。

まともに立っている騎士の方が少ない。

「お、おい、あれ……」

「アンティミシュカ様……バドラス団長……」

更に、完全に捕縛された二人の姿を見て、彼等は動きを止めていく。

総大将が倒されたのだ。

単なる兵である彼等にとっては敗北以外の何物でもなく、これ以上戦う理由もない。

「じゃあ……みんなー！　投降してこの場に集まってくださーい！」

……えーっと、この言い方で合ってるのかな？

多分違うと思うけど、私は戦いの終了を告げる。

『おらおら！　降参しろ、コラー！』

『姉御《あねご》のとこに集まれ、コラー！』

イノシシ君達が敗残兵を追い立てて、こちらへと連れてくる。

もう完全にこっちの兵だ。

「……マコ」

動ける兵達が集まってきたところで、ガライが何かに気付いたように声を発する。

「あ……」

彼の目線の方向を見ると、平原を、こちらに向かって進んでくる騎士達の一団が見えた。

「あれは、アンティミシュカの呼んだ応援だね」

更にその場に、新しい声。

進行してくる騎士団を見ながら、イクサが現れた。

「イクサ」

「と言っても、大丈夫だよ。彼等がこちらに手出しするような事はない」

イクサは、体を〝ワイヤー〟で拘束され、地べたに膝を落としたアンティミシュカを見下ろす。

「これ以上もない程、勝敗は決している」

「……何してるのよ、あんた達！」

既に意識が戻っていたようだ。

瞬間、アンティミシュカが顔を上げて、集まっている騎士達に向かって喚《わめ》き散らす。

「ボサッとしてないで、とっととこいつ等を殺せ！」

騒ぐが、騎士達は動揺するだけで動かない。

アンティミシュカが人質に取られていて、容易《たやす》く動くわけにはいかない……というのもあるだろうけど、結局のところ、彼等は自らの命を懸けてまでアンティミシュカのために動く気は無いのだろう。

残念だが当然の状況とも言える。

「騒いでも無駄だよ、アンティミシュカ。彼等は投降した身だ。あっちの援軍にも、敗北を認めて大人しくしているよう既に伝えてある」

イクサが、遠方でこちらの様子を窺《うかが》うように待機している援軍を指さして言う。

「嘘《うそ》だ……負けていない……私はまだ……」

「アンティミシュカ。第三位王位継承権所有者である君は、第七位王位継承権所有者である僕からの正式な宣戦布告を真っ向から受け取り、そして負けた」

「負けていない！　私は負けを認めてなんて――」

「いいえ、貴方様の負けでございます。アンティミシュカ王子」

その場に、また新しい声が発生した。

私達が振り向くと、そこに、一人の老年の男性が立っている。

黒い背広のような衣服……スアロさんが着ているものに近い……を着た、ダンディな老紳士である。

その人物を見て、アンティミシュカの表情がサッと青褪《あおざ》めた。

「理解したようだね、アンティミシュカ。彼は、国王に仕える直属の部下。この王位継承戦に関する判断や取り決めを監視、管理、審判する立場にいる者の一人だよ」

「そういう……事だったのね……」

アンティミシュカが、青褪めた顔のまま歯噛《はが》みする。

「あんたの、その余裕たっぷりの態度……監視官を挟んで、勝敗を確実に記録される事を考えて……」

「無論、勝つ自信があったかと言われたら微妙なところだったよ。でも、流石《さすが》はマコだ。そんなものは杞憂《きゆう》だったね」

「え？　私？」

イクサに言われて、私は振り向く。

ごめんね、まだちょっとよく状況を呑《の》み込めていないんだけど……。

「単純な話さ。今回の戦いを、第三王子アンティミシュカと、第七王子イクサによる正式な王位継承権所有者同士の、互いの権威をかけた戦だったと記録する。そして勝ったのはマコのおかげだけど、この僕の勝利という形で国王に報告させてもらうんだ」

「お、お父様に⁉　……」

その発言を聞き、アンティミシュカの顔色から完全に血の気が無くなった。

「僕からの要求は簡単だ。別にこの場で君を抹消する事だって出来る。だが命は助けよう。その代わり、第三の称号と、君が今まで支配してきた土地の全《すべ》ての権利を僕がもらう」

「なっ！　ふ、ふざけ……」

怒気を孕《はら》んだ咆哮《ほうこう》を発しようとして、しかしアンティミシュカは黙る。

イクサの冷徹に染まった眼光を真っ向から見て、黙るしかなくなったのだろう。

「……け、権利は渡してもいいわ……だから、この事をお父様の耳に入れるのだけは……」

「僕に負けたと話されたくないのかい？　だったら、征服しようとした村に住んでいた獣人達の反抗に遭い、無残にも敗北したとでも記録するのかい？」

「ッ！」

「それこそ、国王の失望は大きいんじゃないかな。大人しく、僕に負けたという事にしておいた方が良いと思うよ」

うーん、このドSめ。

逃げ道を塞《ふさ》いで、完全に囲って潰《つぶ》すやり口……流石だね、イクサ。

「と、いうわけで、僕からの要求は以上だ」

「かしこまりました。では、この内容を国王に報告し、沙汰《さた》は以後、改めてお伝えさせていただきます」

ぺこりと、恭しく頭を下げる監視官。

どうやら、これで全て終わりのようだ。

細かい戦後処理とか諸々《もろもろ》は、この後イクサが後片付けをしてくれるらしい。

「…………」

……ただ。

私は、項垂《うなだ》れたアンティミシュカの方を見る。

「ふざけるな……殺してやる……」

ぶつぶつと呟《つぶや》かれる言葉から、強い怨念《おんねん》が伝わってくる。

これだけの敗北を喫しながら、彼女の心は折れていない。

「絶対に、殺してやる……この私をこんな目に遭わせて……何度だって這《は》い上がって、這いずり上がって……イクサも、獣人共も、どれだけ時間がかかっても皆殺しに……」

「……待って、イクサ」

私は言って、アンティミシュカに近付く。

「……何よ」

アンティミシュカは、私を睨《にら》み上げる。

私は黙って、手の中に《液肥》を生み出した。

「マコ？」

首を傾《かし》げるイクサ。

イクサには悪いけど、このまま終わっても、アンティミシュカは必ずまた、同じ事を繰り返すだろう。

彼女の心を、この場で折らないといけない。

もう二度と、自分達に手を出すようなマネをさせないように。

「飲んでください」

私は、生み出した《液肥》を彼女の口元に近付ける。

「……それは何？」

「いいから飲んでください」

感情を極限まで押し殺した声音で私が言うと、アンティミシュカはグッと表情を引《ひ》き攣《つ》らせたが……大人しく口を開いた。

私は、彼女の口腔《こうこう》に《液肥》を流し込む。

大した量ではなかったが、まぁ当然、アンティミシュカは苦味に咳《せ》き込みながらそれを嚥下《えんか》した。

「ゲホッ！　ゲホッ！　……何よ、これ……何を飲ませたの？　嫌がらせ？」

「これは、私の魔法で作った魔法薬《ポーション》です」

以前、ウーガの言っていた言葉を思い出しながら、私は嘘を吐《つ》く。

「魔法？　そういえば、なんで王族でもないあんたなんかが魔法の力を……」

「この魔法薬には私の魔力が注がれていて、飲んだ人間の体に浸透します」

かなり適当な事を言っているという自覚はある。

でも、彼女も私の使う魔法を完全には把握していない。

その曖昧《あいまい》な情報を使って、アンティミシュカに脅しを掛ける。

「そして、その魔力は、私の任意で好きな時に爆破させられます」

「……は？」

一瞬、アンティミシュカは呆《ほう》けたような顔になった。

だが次の瞬間、私の言葉の意味を理解したのだろう、額から汗が噴き出した。

「そ、そんなの出鱈目《でたらめ》……」

「オルキデアさん」

アンティミシュカのか細い声を無視し、私はオルキデアさんに目配《めくば》せする。

彼女も私の意図を察してくれたのか、自身の力を操り、地中で根を成長させる。

「さっきの巨大な植物の根も、私の魔法薬で成長させたものですが……」

ぱちん、と指を鳴らす。

瞬間、地面が爆発した。

「！」

その光景に、アンティミシュカは恐怖を露に瞠目《どうもく》する。

と言っても、本当に根が爆発したわけではない。

オルキデアさんが地中で根を動かし、爆発したかのように見せかけてくれたのだ。

私は膝《ひざ》をつき、アンティミシュカと目線を合わせる。

「もしもあなたが、また同じように私達の村を襲おうとしたり、他の獣人達の住処《すみか》を不当に奪おうとするような話を聞いたら、私はあなたの体を爆発させせます」

ホームセンターで仕事をしていた頃《ころ》は、よく万引き犯を捕まえた。

初犯であったり、少なからず理解出来る事情が見えた際には、私は警察に引き渡さず見逃す事も多かった。

それを甘いとよく言われたが……でも、私はそういうとき必ず、事務所で万引き犯に脅しを掛けていた。

防犯カメラの映像も残した。

私服警備員を介した調書もある。

個人情報も記録した。

もし今後、また同じような事をしたり、他店や他の店舗でそういう事をしてるっていう噂《うわさ》を少しでも耳にしたら、それらをそのまま警察に持っていく——と。

おかげで……まぁ、あくまでも私の把握している限りだけど、その人達の再犯は見掛けなかった。

今回、同じ要領でアンティミシュカを脅す。

「わかりましたね？」

「………………」

「わかりましたね？」

私の発する機械のような声に、アンティミシュカは震えながら頷《うなず》く。

とりあえず、これで大丈夫だろう。

「優しいな、マコ。いつもなら問答無用で吹っ飛ばしてるっていうのに」

イクサが私の肩に手を置き、そう言ってきた。

この男、アンティミシュカの恐怖心を煽《あお》るためのセリフだとはわかっているけど、人を爆弾魔のように……。

そこでイクサが、私の耳元に顔を寄せ、囁《ささや》く。

「大丈夫だよ。僕の手にした力の全てを懸けて、彼女には二度と同じマネはさせない」

……流石《さすが》、イクサ。頼りになる。

◇◇◇

こうして、私がこの世界にやって来て初めて遭遇した、大きな戦いの幕は閉じた。

撤退していくアンティミシュカ軍を見送り、私は深呼吸する。

はー、疲れた。

「終わったな、マコ」

隣で、ガライが言う。

「うん」

「……帰るか」

私はガライに微笑《ほほえ》みかける。

「うん、早く帰ろっか」

イノシシ君達、オルキデアさん、スアロさん、イクサ、エンティア、ガライ……みんな、私を信じて戦ってくれてありがとう。

早く村に帰ろう。

今頃《いまごろ》、マウルやメアラ、村のみんなが帰りを待ってるはずだから。

そしてきっと、今夜も祝勝会と称しての宴会が開かれるんだろうな。

◇◇◇

「勝ったどぉおおおおおおおおおおおおお！」

私達の帰りを今か今かと待ってくれていた《ベオウルフ》のみんなは、私達が村へと戻り勝利報告をすると、すぐさま宴会の準備を始めた。

そして、瞬く間に祝勝会が開始する形となった。

本当に酒が絡むと行動が速いね、君達。

とは言え、始まった大宴会。

今回の戦いに関わった存在、全てが村の広場でどんちゃん騒ぎに参加している。

まるでお祭りだ。

……この宴会も、もうアバトクス村の名物と言えば名物じゃないかな。

お祭りにして、観光客を呼び寄せたら盛り上がるのでは。

「お疲れ様、マコ」

傍《はた》からそんな光景を見て、ぼうっと考えていた私のところにイクサが来た。

彼も、お酒の注《つ》がれたグラスを持っている。

ほんのり頬《ほお》が赤みがかっている様子を見るに、酔っているようだ。

「イクサも、お疲れ。ありがとうね、わざわざ駆けつけてくれて。しかも、色々と手を回してくれたみたいで」

「アンティミシュカに勝利したのも、そのための手段や仲間をかき集めたのも、すべては君の手腕によるものさ。その点に関しては、僕も畏敬《いけい》の念を覚えるよ」

いやぁ、しかし——と、イクサは村を見回す。

「良い村だね、ここは」

「うん、良い村だよ」

「……僕も、今まで色々と獣人達の村を見てきたけど、ここまで活気のある村は珍しい」

どこか遠い目をして、イクサは語る。

イクサは、獣人と人間が平等に生きる国を夢見ているらしい。

それは、彼の父親に対する反発心から生まれた思想なのか。

それとも、彼の過去に何かがあって生まれた願いなのか。

それは、わからないけど——。

「マコのおかげだよ」

そこで、私の隣に腰を下ろしていたマウルとメアラが、イクサに言った。

「マコが僕達の前に現れてから、どんどんこの村が明るくなってきたんだ」

「……そうか。明るくなったか」

酒と料理が飛び交い、《ベオウルフ》達が歌って踊って盛り上がっている。

今回の作戦の立役者である、イノシシ君達をはじめとした野生動物のみんなにも集まってもらい、労《ねぎら》いに野菜や果物を食べてもらっている。

『コラー!』『コラー!』と、嬉《うれ》しそうな鳴き声が聞こえてくる。

……鳴き声、なのかな?

「マコ……やっぱり、君に対する僕の興味は尽きない。むしろ、今回の一件で更に——」

「あ、スアロさーん！　イクサ王子、かなりお酒飲んで酔っ払っちゃってるみたいなので、傍《そば》に付いてあげててくださいね！」

近くを通り掛かったスアロさんに言って、私はそそくさとその場から撤退する。

後ろの方からイクサが私を呼ぶ声と、スアロさんのお叱《しか》りの声が聞こえてきた。

イクサには感謝しているけど、あの迫ってくる圧はどこか怖いものがあるんだよね……。

「おう、マコだ！　今回の勝利の立役者様じゃねぇか！」

「今日ぐらい飲んじまえよ！」

「ありがとう。でも、やっぱりお酒は苦手だから」

盛り上がる《ベオウルフ》達と挨拶《あいさつ》を交わす。

私がそう言うと無理強いはしてこない。

うん、酔っ払ってても分別はつくみたいだし、一般の人達が来ても困らせる事もないだろう。

『姉御《あねご》！　また変な奴等《やつら》が来たら俺達に任せろ、コラー！』

『今回みたいにみんなで追っ払ってやるぜ、コラー！』

「みんなも、今日はありがとう。いっぱい食べていってね」

本当に、今回はイノシシ君達に助けられた。

彼等が住む汚染された森や山も、この機会に良くしていきたいな。

私の《液肥》や、オルキデアさん達の力を使えば、少しは環境改善に繋《つな》がるかな？

もしそうなれば、〝野生動物ふれあいの森〟的なテーマパークになって、一般の人達も楽しんでくれるかも……。

……ハッ！　気付いたら、完全に村興しの計画を立ててる自分がいる！

いけないいけない、ちゃんとみんなの許可を取ってから考えないとね。

「マコ様～」

「マコ様！」

そんな風に考えてうろついていると、オルキデアさんとフレッサちゃんに出会った。

半分植物の二人は、私達と同じような食事はしないので、大人しく果実のジュースを飲んでいる様子である。

……ん？　オルキデアさん、またほわほわした感じになってない？

「オルキデアさん、またお酒飲んじゃったの？」

「いえ～、この果物のジュースをいただいただけですわ～」

「いや、これ果実酒じゃん！」

「マコ様！」

そこで、私の足にフレッサちゃんがヒシッとしがみ付いてくる。

「わたし達の故郷を奪った悪い人達をこらしめてくれて、ありがとうございますです！」

「え？　あ、そっか。でもね、フレッサちゃん。私だけじゃなくて、オルキデアおねえちゃんも凄《すご》く活躍したんだよ？」

「そうですよ～、ふれっさ。また悪い人達が来ても、おねえさまがばしーんとやっつけますからねぇ」

オルキデアさん、相当酔ってるね。

言いながら、彼女はフレッサちゃんを抱き寄せる。

「だから、もう心配しなくていいですよ。もう二度と、大切な場所をうしなったりしませんからねえ」

「…………」

大切な場所。

この村を、そういう風に思ってくれてるのは、素直に嬉しい。

「あ、オルキデアさん。今回の戦いで、アンティミシュカの奪った土地の権利はイクサの元に移ったみたいなので、《アルラウネ》の国があった場所もゆくゆくは元に戻ると思いますよ！」

「そうなのですか！　それは嬉しいです！　……ただ」

そこで、オルキデアさんは、ちらちらと私の方を上目遣いで見る。

「わたくしは、この村に嫁ぐことを決意した身……《アルラウネ》の国が元に戻ることには尽力したいですが、その、骨を埋める、あ、いえ、根を埋めるお墓はマコ様と同じ場所が良いのですが……」

「またイクサから報告があったら、様子を見に行きましょうね！」

私はまた、逃げるようにその場を後にした。

「マコ様～、冗談ですからね～」

◇◇◇

宴会も一通り盛り上がり、お開きとなった。

イクサとスアロさんを村の外まで見送り、イノシシ君達も山の中へと帰っていった。

これで、今日という日は完全に終わった。

いやぁ、疲れた。

また明日からも、この世界での生活は続くのだ。

今日はもう、大人しく眠るとしよう。

私達は、新築したばかりの一軒家へと帰る。

広々とした内装には、まだ数えるほどの家具しかない。

またガライと協力して、収納家具やキッチンとかも作っていかないとだな……と、考える。

『ふわぁあ、今日は走り回ったし、満腹になったし、我はもう眠たいぞ姉御』

そう言って、エンティアは床の上にのびーっと寝そべる。

彼がいる限り、寝床はしばらく必要無いかな。

「えへへ、お休みエンティア」

「お休み」

『おう、マウル、メアラ、お休みｚｚｚ……』

マウルとメアラが上に乗ると、エンティアは早くも寝息を立て始めた。

「さて、と」

「………」

私は、隣に立つガライを見る。

前回、一緒にエンティア布団で寝ようという話になった時、彼は遠慮したわけだが……。

「んじゃ、ガライも」

「いや、俺は……」

やっぱり遠慮するガライ。

私は彼の腕を掴《つか》んで、引っ張る。

「もう、私ももう眠いんだから、面倒かけさせないで」

「お、おい……」

「………………」

マウルとメアラを挟むようにして、私とガライは対になるようにエンティアの上に身を預ける。

ガライも全力ではエンティアに体重を乗せてはいない。

とは言え、彼が乗っても唸《うな》り声一つ上げないのは、流石《さすが》はエンティアだ。

「……いつもありがとうね、ガライ」

「………………」

何気に、今日はガライの事を色々と知った。

あえて言及しないようにしてたけど、彼はかつて国が表立って処理出来ないような汚れ仕事を請け負ってきた、闇《やみ》ギルドに所属していたらしい。

以前、私に語ってくれたギルド時代の話が、嘘《うそ》だったのか本当だったのかはわからない。

けど、汚れ仕事や暗部に携わる仕事に深く関わりすぎた結果、何かの事情で彼は居場所を失ったようだ。

魔族の血が半分混じった人間……亜人だという、彼。

でも、私達の手助けをしてくれて、この村で色々な作業に尽力してくれる彼には変わりない。

私と一緒にいて楽しいと言ってくれて、私のやりたい事を一緒に楽しんでくれる彼なら、関係無い。

少なくとも、今は。

「明日からも、よろしくね」
「……ああ」
不器用で武骨な相変わらずの声音で、ガライがそう答えてくれた。
私達は目を閉じる。
静寂に満ちた夜、まどろみの中に意識が溶けていく。
ぎゅっと、私の脇腹《わきばら》のあたりをマウルが掴んだ。
私はマウルに体を寄せる。
すると今度は、メアラがマウルの上から私の腕を掴んできた。
二人の体温と、ケモミミの柔らかな感覚が肌に伝わる。
更に身を寄せると、今度はガライの伸ばした腕に頭が触れた。
うひゃー、腕枕だ。
男の人の腕枕って、何気に初めての体験かも。
ガライの逞《たくま》しくて頼り甲斐《がい》のある二の腕に、頭を乗せる。
なんだかそれだけで、意識がスッと気持ち良く落ちていく感じがした。
…………。

【称号】：

……ん、なんだろう？

【称号】:《DIYマスター》に基づき……

頭の中で、ステータスウィンドウが開く。
でも、ぼうっとして上手《うま》く読めない。
寝起きで携帯の画面を見るような、不完全な感覚だ。

【称号:《DIYマスター》に基づき、スキル《――》が……
【称……《ペットマスター》に基づき、スキル《――》が目覚めまし……
【称号】:《グリーンマスター》に基…き、スキ…《――》が目……

……んー……ぼうっとしてよく見えないな。
まぁ、いいや。
明日、明日。
明日からも、この先も、もっとやりたい事があるんだ……。
今はもう、この気持ちの良い状況に身を任せて、寝ちゃおう。

エピローグ　アバトクス村をどんどん盛り上げていきます

アンティミシュカによる征服の魔の手が村に伸び。

そして、私達の力により、その魔の手から村を守る事が出来た――あの日から、数日が経過した。

「ほら、マウル！　メアラ！　早く早く！」

「ま、待ってよマコ！」

「速過ぎるってば……」

空は蒼天《そうてん》――雲一つない、日本晴れ（日本じゃないけど）。

私とマウルとメアラは、あの戦いのあった草原を走っていた。

山から下りてくる風が当たり、汗の滲《にじ》む体を心地《ここち》好く冷やしてくれる。

「あはは！　気持ち良い！」

今日、私達はこの平原にランニングをしに来ている。

別に理由はない。

単なる運動。

こんな晴れた日に外を走るのは、健康的で気持ちが良いのだ。

仕事勤めだった頃《ころ》は、仕事中がほとんど運動みたいなものだったので、休みの日は一日中ほぼ横になっていた。

でも、そんな労働から解放された今、なんだか無性にこういう運動がしたくなったのだ。

きっと、体力とは別のゲージ……そう、意欲が湧《わ》いてきたのだろう。

『わはは！　姉御《あねご》！　我にとってはこのくらい朝飯前だぞ！』

普段着から薄めの運動着に着替えた私とマウル達、そしてエンティアで、山を越えてこの草原まで走って来た。

草の上に思い切り寝転がると——私が初めてこの世界に来た時の、あの匂《にお》いが鼻腔《びこう》をくすぐった。

「マコ、凄《すご》いね。僕、もうくたくただよ」

同じくバタンと草原に寝そべり、マウルが笑いながら言う。

と言っても、マウルもまだまだ元気で体力有り余る子供だ、息遣いはそこまで辛《つら》そうではない。

「でも、気持ち良いね！　ね、メアラ！」

「はぁ……はぁ……う、うん」

一方、メアラは結構息を切らしている。

しかし別に、メアラの方が体力が無いとか、そういうわけではない。

ここまで、メアラは全力疾走に近い速度を出して私を追い抜いたり、一生懸命走って来たのだ。

「どうしたの？　メアラ。なんだか、気合入ってるね」

「……俺、もっと強くなりたい」

ボソッと、メアラはそう呟《つぶや》いた。

「メアラは強いよ。マウルを守るために、いつもちゃんと前に立って、しっかりして」

「ううん……そういうのじゃなくて、ガライみたいに……」

以前、メアラは野生動物に襲われそうになったところをガライに助けられた事がある。

その経験から、彼にどこか憧《あこが》れを抱いているのかもしれない。

「強く……マウルや…………………マコも、守れるくらい」

「え？　なんだって？」

「な、なんでもない！」

勢いよく叫ぶメアラ。うん、まだまだ元気だね。

「よし、じゃあ休憩もしたし、村に帰ろうか！」

「うわー、またここまでと同じ距離を走るんだー」

べたー、っと地べたの上で転がるマウル。

ふふっ、マウル君、わかってないね。

「マウル、今日の最大の目的は、ここから家に帰った先にあるんだよ」

「え？」

そう、自らの体を追い込むランニング。

気持ちの良い汗を流した後には、更に嬉《うれ》しいご褒美が待っているのだよ。

「というわけで、しゅっぱーつ！」

「あ、待ってマコ！」

マウルとメアラ、そしてエンティアが、慌てて私の後を追って走り出す。

◇◇◇

《ベオウルフ》達の暮らす村、アバトクス村へと私達は帰還する。

今日もみんなは、畑仕事にしっかり精を出している。

その一方で、最近は何割かの《ベオウルフ》は山の開拓へと向かっている。

妙な植物の伐採や、《液肥》を使った土壌の改善をするためだ。

前回、イノシシ君達には大分お世話になったので、これからは彼等《かれら》にも住みやすい環境を作ってあげたいからね。

「おう、マコ！　どこまで走って来たんだ⁉」

「楽しそうだなぁ！」

「今度、俺の畑で果物も作ってみようと思うんだ！　また見てくれよ！」

帰って来た私達に、ラム、バゴズ、ウーガのいつもの三人衆が声を掛けてくる。

全力で働く《ベオウルフ》達。

そして、今夜も宴会で夜通し飲むのだろう。

でも、がっつり体を動かして帰って来た今の私には、その気持ちわかるよ。

私達は家へと帰る。

すると既に、ガライが庭のテーブルに諸々《もろもろ》の道具を用意してくれていた。

「ありがと！　ガライ！」

「なにこれ、金属の桶《おけ》？」

テーブルの上に置かれているのは、大きな金属製のバケツだ。

タライに近いかもしれない。

鈍色《にびいろ》のその容器の中には水が溜《た》まっており、中には新鮮な果物――桃や林檎《りんご》、バナナもある――が浸《つ》かっている。

果物は、ウィーブルー家当主から差し入れしてもらったものだ。

「わ！　冷たい！」

バケツの中に手を入れたマウルが、その水の冷たさに驚く。

「川の中に入ったみたいだ！」

「ふふふ、良いリアクションをありがとう」

そう、このバケツは私が《錬金》で生み出したもので、ちょっと特殊な作りの金属製商品なのである。

このバケツは、保温・断熱効果の高い、いわゆる真空断熱構造のステンレスで作られたバケツ。

夏場、気温の高い屋外でも、飲料などをキンキンに冷えた状態で保冷出来る優れものなのだ。

「ふっふーん、更にね～」

私は冷えた果物をバケツから取り出し、包丁を使って手頃な大きさに切り刻む。

それを、これまた錬成した〝擦り下ろし器〟で丹念に潰《つぶ》し――グラスに注ぐ。

これで、果汁100％、果肉入りジュースの完成だ！

「ほら、マウルとメアラ！　ガライも！」

出来上がったそれを、みんなで飲む。

太陽の下、運動で適度に火照った体に、冷え冷えのジュースが染み渡る。

甘みも酸味も、見事な調和。これは、差し入れしてもらった果物も相当良いやつだなぁ。

「おいしぃ～！」

「マコ、これってお店とかで売ってるやつじゃないの？」

ほほう、君達リアクションだけじゃなくて、良いコメントもするようになってきたね。

これなら食レポ芸人の道も夢じゃないぞ！　目指さなくていいけど！

そんな感じで、私達は美味《おい》しいフルーツを飲料にしたり、当然そのまま食べたりしながら、実に健康的な食事でお腹《なか》を満たす。

そうなってくると、私は次のやりたい事に、どうしても手を伸ばしたくなってきた。

せっかく運動をして、汗もいっぱい掻《か》いたのだ。

となれば……。

「昼間から露天風呂《ろてんぶろ》っていうのもいいよね……お風呂、作ろっかなー」

「え！　お風呂？」

マウル達も驚いている。

実は、今まで私達は体の汚れを落とすのに、近くの川や井戸水を使って水浴びをする程度だった。

なので、今日はついでにお風呂を作ろうと決心する。

と言っても、作り方は簡単だ。

「こんな感じか？」

「うん、そうそう！　正にこんな感じだよ、ガライ」

家の裏庭に、石を何段か積み竈《かまど》を作る。

そして、出来上がったその竈の上に——私は《錬金》で、巨大な〝ドラム缶〟を錬成した。

中身の入っていない空の〝ドラム缶〟は、結構ホームセンターで売っているのだ（しかも、色々なサイズがある）。

そのドラム缶の中に水を汲《く》み、そして竈で火を熾《おこ》す。

湯が沸けば——あっという間に、露天風呂の完成だ。

「今日のマコ……いつにも増して凄いね……」

「行動力の化身……」

「ふふふ、気持ち良さそ～。さーて、それじゃあお湯も沸いたし」

そこで、私が上着に手を掛けると――マウルとメアラが、びっくりしたように目を丸めた。

「ま、マコ⁉」

「ん？　どうしたの？　二人も一緒に入ろうよ」

流石に、私とマウルとメアラ二人が一緒に入れる程度の広さはある。

けれど……二人は、なんだかよそよそしく視線を外している。

「ぼ、僕はいいよ……」

「俺も……」

少し頬《ほお》を赤らめながら、そう呟く二人。

……あ、もしかして、恥ずかしがってる？

あちゃー、しまった、そりゃそうか、二人とも男の子だもんね。

「あー……そっか、じゃあどうしよっかなー」

そんな二人の初々しい反応に、なんだか私も変な感じになる。

目を泳がせ、視界に入ったのは……ガライだった。

「…………」

「…………」

…………。

……いや、流石に！　流石にガライは、ね！　ね！

「と、とりあえず、一人で入りまーす……」

というわけで、男性陣には撤退してもらい、私は一人露天風呂に浸かる事となった。

「……ふぅぅ」

と言っても、やはり久しぶりの湯舟は実に気持ちが良い。

じんわりと体の芯《しん》に伝わってくる温かさに、喉《のど》の奥から溜息《ためいき》が漏れてしまった。

「……はぁ」

青空の下、爽《さわ》やかな風が吹く中の、昼の露天風呂。

最高に気持ちが良い。

マウル達にも後で入ってもらって、感想を聞きたいな。

温泉レポーターの道も目指してもらおう。ならないだろうけど。

◇◇◇

お風呂から上がり、庭のベンチに腰掛けながら髪を拭《ふ》いていると——誰かが目の前に立った気配がした。

「やぁ、マコ」

「……わっ！　イクサ！」

やって来たのは、イクサだった。

「お風呂上がりかい？　タイミングが良かったね」

「良かったのかな？　……まぁ、いいや。今日はどんな事情で来たの？」

軽い遣り取りを挟むと、イクサは私の隣に腰を下ろした。

少し離れた場所から、スアロさんがこっちをジッと監視しているのが見える。

スアロさんが一緒……という事は。

「諸々《もろもろ》の事後処理が終わった事を伝えに来たくてね」

諸々……と簡単に言ったけど、きっと王位継承権所有者同士の戦いの勝敗に関する、権利の移動とか、他の事とか……ともかく、面倒な事がいっぱいあったのだろう。

「少なくとも、アンティミシュカによる君への報復はまず無いようにした。今や彼女も弱体化し、そこまでの余裕も無くなったからね」

「そっか……ありがとうね、イクサ」

「……マコ」

そこで、イクサが……不意に、真剣な表情になった。

「うん？」

「……僕の称号は、今やアンティミシュカから奪った第三王子。加えて、他の王位継承権所有者を直接蹴落《けお》としての昇格……これは完全なる、他の王子達に対する宣戦布告と受け取られている。僕は、この競争に身を投じる覚悟をした」

眼《め》を鋭く細め、彼は言う。

「君の持つ力は、大きな武器になると思っている……出来れば、君が傍《そば》にいてくれたら……」

しかしそこで、イクサの目には、この村の光景が改めて映ったのだろう。

「イクサ？」

「……いや、なんでもない」

イクサは微笑《ほほえ》んで、立ち上がった。

「これからも、時々顔を出すよ。その時はよろしく」

「うん……イクサ、別にいつでも会いに来てくれていいんだよ？」

「え？　それは君を研究院に招いて、魔法の仕組みや素性、生み出す魔道具に関する事を、色々と調べさせてもらってもいいという事かい？」

「いえ、そこまでは言っていません」

興奮しない、興奮しない。

スアロさんが凄《すご》い怖い顔で見てるよ、イクサ。

「マコ殿おおおおぉぉぉぉ！」

絶叫を木霊《こだま》させ、ウィーブルー家当主がこちらに走ってやって来る。

いきなりの登場だよ。

もう全力疾走がすっかり板についてるね、この人。

「おお、これはイクサ王子！　ご機嫌麗しくございます！　それよりも、マコ殿！」

凄いなこの人、王子を押《お》し退《の》けてこっちに来た。

「実は本日！　一つ商談があって参ったのですが！」

「商談？」

「ええ！　この村で作られる作物、工芸品の人気が、最近では街中に知れ渡りかなりのブームとなっているのです！」

へぇ、凄い。

知らない内に、そこまでの事になってたんだ。

「そこで、よければ！　この村の特産品を取り扱った直営店を、王都で企画展開させていただけないかと思っているのです！」

当主の口ぶりから考えるに、要はアンテナショップのようなものを作りたいらしい。

うわぁ、なんだか大事になって来たっぽいなぁ。

まだまだ、やりたい事はいっぱいあるとは言ったけど……全部並行させてやるのは、流石に大変かも……。

「どうですかな、マコ殿！　是非！」

「やろうよ、マコ！　面白そう！」

「俺達も手伝うよ？　ね、ガライ」

いつの間にやら、話を聞いていたマウルとメアラ、それにガライもやってくる。

「うわぁ、楽しそうですねぇ。わたくしも、ご協力させていただきますわよ？」

「ご協力するです！」

オルキデアさんに、フレッサちゃんも。

「おお！　なんだかすげー事になってんな！」

「マコ！　当然やるよな！　こいつに乗らねぇ手はねぇぜ！」

《ベオウルフ》のみんなも。

笑顔を浮かべ、わいわいとはしゃぐみんなを見ていると、私もなんだか顔が綻《ほころ》んでしまった。

うん。

ま、いいや。

やってみよう。

私は椅子の上に立って、みんなに言う。

「よーし、もっともっと、この村を盛り上げるよ！」

春の特撮映画祭ばりのどんちゃん騒ぎ、それもそれで楽しいじゃん。

あとがき

皆さま、初めまして。

この度は、本作『元ホームセンター店員の異世界生活 ～称号《DIYマスター》《グリーンマスター》《ペットマスター》を駆使して異世界を気儘《きまま》に生きます～』を手に取っていただき、誠にありがとうございました。

作者のKKと申します。


このお話は、タイトルの通りホームセンターの店員である主人公が、ひょんな事から異世界にやって来た結果、持ち前の技能と経験を駆使して困っている周囲の人々や村を助け、皆を幸せにしていく、というものです。

ホームセンターと言えば、日常の雑貨品は当然として、花や肥料、農機具、工具に建材、果てはペット用品まで、生活を豊かにする商品が多数扱われています。そんな場所で仕事をする店員の方がもしも異世界に転移したなら、きっと夢のようなスキルを持ち、チート級の生活力を発揮するに違いない！　と思ったのが、本作を書くに至る経緯でした。

ところが本文を書き始めてみると、主人公、生活力スキルだけでなく戦闘力もチート級になってしまいました。どうしてこうなった。まぁ、古来ゾンビパニックが起こった際はホームセンターで武器や装備を調達しろと言われておりますので、当然の帰結なのでしょう。なのでしょうか？

というわけで、謝辞に参りたいと思います。

カドカワＢＯＯＫＳ編集部及び、担当編集Ｈ様。この度は、本作の書籍化に携わっていただき、誠にありがとうございました。こうして素晴らしい装丁となり世に送り出していただけたことを、大変感謝しております。

イラストレーター、ゆき哉《かな》様。素晴らしいイラストで本作を彩っていただき誠にありがとうございます。登場人物達の魅力を更に引き上げるようなキャラクターデザインの数々、大変感動いたしました。正に上の上です（仮●ライダー５５５《ファイズ》の村上社長風に）。

ＷＥＢ上で本作を応援してくださった読者の皆様。本作が出版に至れたのは、皆様の応援があったからこそです。

そして、本作を手に取り、ここまでお読みいただいた読者の皆様へは、これ以上も無い感謝を。

それでは、またお会いできる日を夢見て。

誠にありがとうございました！

お便りはこちらまで

〒102－8078
カドカワBOOKS編集部　気付
ＫＫ（様）宛
ゆき哉（様）宛

カドカワBOOKS

元《もと》ホームセンター店員《てんいん》の異世界生活《いせかいせいかつ》

~称号《しょうごう》《DIYマスター》《グリーンマスター》《ペットマスター》を駆使《くし》して異世界《いせかい》を気儘《きまま》に生《い》きます~

2020年 5 月10日　初版発行

著者／KK

発行者／三坂泰二

発行／株式会社KADOKAWA

〒102-8177
東京都千代田区富士見2-13-3
電話／0570-002-301（ナビダイヤル）

編集／カドカワBOOKS編集部

印刷所／旭印刷

製本所／本間製本

Printed in Japan
ISBN 978-4-04-073644-0 C0093

新文芸宣言

かつて「知」と「美」は特権階級の所有物でした。

15世紀、グーテンベルクが発明した活版印刷技術は、特権階級から「知」と「美」を解放し、ルネサンスや宗教改革を導きました。市民革命や産業革命も、大衆に「知」と「美」が広まらなければ起こりえませんでした。人間は、本を読むことにより、自由と平等を獲得していったのです。

21世紀、インターネット技術により、第二の「知」と「美」の解放が起こりました。一部の選ばれた才能を持つ者だけが文章や絵、映像を発表できる時代は終わり、誰もがネット上で自己表現を出来る時代がやってきました。

UGC（ユーザージェネレイテッドコンテンツ）の波は、今世界を席巻しています。UGCから生まれた小説は、一般大衆からの批評を取り込みながら内容を充実させて行きます。受け手と送り手の情報の交換によって、UGCは量的な評価を獲得し、爆発的にその数を増やしているのです。

こうしたUGCから生まれた小説群を、私たちは「新文芸」と名付けました。

新文芸は、インターネットによる新しい「知」と「美」の形です。

2015年10月10日
井上伸一郎

悪役令嬢になんかなりません。
私は『普通』の公爵令嬢です！
明。
illustration
秋咲りお

カドカワBOOKS
死亡フラグ回避のはずが、
ヒロインイベントが発生!?
B's-LOG COMICにて
コミカライズ
連載中!!!!!
漫画：ユハズ
乙女ゲームの死亡フラグ満載な悪役令嬢に転生したロザリンド。ゲーム知識を使い運命を変えるべく行動するも、事件が次々と勃発！　しかも、ヒロインにおこるはずのイベントをなぜかロザリンドが回収しちゃってる!?

大預言者は
前世から
逃げる
～三周目は
公爵令嬢に
転生したから、
バラ色ライフを
送りたい～
寿利真
ill 雪子
「大預言者」とバレたら
一生独身の喪女決定!?
絶対に令嬢ライフを
楽しんでやります!
B's-LOG COMIC にて
コミカライズ
連載開始!
漫画:りんご

STORY

女子大生から大預言者に転生したけど生涯喪女。
3度目の転生で公爵令嬢になって自由な生活が送れる！
と喜んだのも束の間、前世の力も持ったままで……。
えっ！　バレたら一生独身が確定なんだけど！？

カドカワBOOKS